河出文庫

誰でもない

ファン・ジョンウン

斎藤真理子 訳

目次

誰でもない

人はしばしば〈誰でもない〉を〈何でもない〉と読み違える。

上京

唐辛子畑に唐辛子摘みに行こうと言われ、行くと答えた。

私はオジェに、何を準備していったらいいかと訊いた。唐辛子を入れる袋が要るけどそれは俺が用意する、体だけで来なよという返事を聞いて、体だけで行った。肌寒い秋の朝だった。

早くお乗り。

オジェのお母さんが、テンの毛皮がついた古いコートを着て車の横に立っていた。コートが大きくて体が小さいので、コートが立っているみたいに見える。三人で唐辛子摘みだよとオジェに言われて、わかったと答えた。空の袋を三つ、後部座席に積んで出発した。オジェがハンドルを握り、私は助手席に、オジェのお母さんは後部座席に乗りこむ。オジェはラジオをつけていた。私はお母さんが食べなさいと渡してくれたトマトを手に持って、ちょっとずつ食べた。国道を行き、南東方向へと急いで移動した。お昼ごはん前には唐辛子畑に着く予定だった。

お母さんは、久しぶりのお出かけにうきうきしているみたいだ。毎日退屈だから、文化センターで民謡を習いはじめたんだけど、いっしょに講習を受けている人の中にえらく失礼な女がいてね、バナナを買って遊びに行ったら私に一本も出さないで冷蔵庫にしまっちゃうんだよ、憎たらしいから、バナナは冷蔵庫で冷やすもんじゃないってひとこと言ってやったら、ああそうねって棚にのせたけどやっぱり一本もくれないんだものね、ごはんどきになったら、自分が食べてたキムチ一皿だけ出してきてこれがおかずって言うんだよ、ほかにはほんとに何もないの、食べ残しのキムチだけなのよ、ねえあなたおなかすかないの、バナナもあるしトマトもあるよ、バナナ食べない、トマトにするかい、トマトはいっぱい食べた方がいいのよ、目にもいいし歯にもいいよ、私がこの年齢になっても顔にしわがないのは、若いころ果物屋をやってたときにトマトをたくさん食べたからなんだよ。話はあっちからこっちへ飛び、りんとした声で少しも休まずしゃべり続ける。

最後にお母さんに会ったのは二か月前だったが、あれからぐっとおやせになったようだと言うと、お父さんのせいなんだよと彼女は不平を言った。オジェのお父さんは最近、肺ガンの診断を受けて右の肺を切除する手術を受けた。お父さんはマンションの警備員や大型スーパーの雑用係などの仕事をしてきたがずっと皆勤で、万事につけて他の従業員のお手本になるような人だった。それが、肺を一個なくしてからは外出を控えてベッドに横になっているだけで、リハビリも兼ねて散歩でもすればいいのにじっとしてばかり、とお母さんはぼやく。外に出ないもんだから家の中のことが目について、ああだこうだって口出すんだもの、私もうやってられないわと、考えただけでもいやになるという感じで彼女はため息をついた。オジェは黙って運転していた。

お母さんはコートを巻いて枕にし、横になって眠った。私は窓を開けて、カサカサになったトマトのへタを外に捨てた。トマトのへタが羽根みたいに音もなく宙を飛び、うしろに消え去っていく。トンネルをいくつか通るあいだ、ラジオに雑音が混じった。とうとう受信できなくなったのでオジェはラジオを消してしまった。晴れ上がって冷えこみ、唐辛子摘みにはいい日だった。国道を抜け、すいた地方道を行く。放置された畜舎やまばらな梨の木のそばを通り過ぎるとき、山裾の大豆畑で霜をかぶった大豆がカサカサに干からびていた。

ああ、あの大豆。

いつのまに起きたのか、オジェのお母さんが後部座席で言った。

見てごらん。あの、もったいない大豆。

＊

目的地近くまで行ってから私たちはかなり迷った。

どこかで池を二つ通り過ぎるはずだというのだが、それが見つからない。こっちのはずだよ、いやあっちだわね、とお母さんが後部座席から身を乗り出して道を探したあげく、唐辛子畑の主人に電話した。お母さんは携帯で電話するのに慣れていないしオジェは運転中なので、かわりに私が電話の対応をした。あいさつするひまもなく、あんた、右側に池が見える？　と尋ねる中年女性の声が聞こえた。

池は見えないです。

池があるんだよ。

池があるはずだからというのを聞いているうちに、たぶんこれだと思われる二つの貯水池にさしかかり、道がはっきりした。私たちは電話を切り、目的地をさして走った。平地でも斜面でも、りんごの木がピンク色の実をつけて陽射しを浴びている。うちの「新しいおばさん」、男前な声でしょ、とお母さんが言う。

女丈夫(じょじょうふ)だよ、女丈夫。

唐辛子畑の主人は、唐辛子だけでなくかぼちゃや大豆、白菜も作っている。彼女が管理している畑は千坪だ。彼女はいま、年とったお母さんと二人だけで暮らしているが、畑と家は本来彼女の弟の所有だった。弟は内気な性格で、人間関係の悩みから、都会に妻子を置いてこの田舎にひっこみ、お母さんとお姉さんといっしょに畑を耕して暮らしていた。その弟が秋に死んで、畑も家も彼の奥さんと成人した子どもたちのものになった。その人たちが家を売ると言っている。ちょっと一口では言えない事情があって、とにかくめんどうな状況になっちゃったわけよ、つまりおばさんたちが追い出されちゃうってことだから、とお母さんがひそひそ・こそこそ話し、それを聞いてるうちに目的の村に着いた。狭いけれどなかなか清潔に整備された道路沿いに、都会の金物屋とは違うものがいろいろ吊るされた金物屋があり、穀物倉庫があり、保健所と郵便局と役場のかわいい建物がこぢんまりと感じよく並んでいた。唐辛子畑の主人は自転車に乗って、その道の先まで迎えに出てくれていた。畑から来たらしく、ズボンには土がつき、長靴をはいている。背中が広くて背が高く、思っていたより若々しいおばさんだ。オジェのお母さんが彼女を最初に見つけて窓を開けた。

おばさん、新しいおばさん。

私たちは自転車のあとを追って彼女の家に行った。門も塀もない平屋建てで、広い庭がついている。車はどこでも好きなところに停めなと言うので、オジェは庭に車を入れた。犬小屋につながれた二匹の犬が吠えている。お母さんが犬小屋の方へ近づき、注意深く犬を見つめた。二匹のうち、全身が茶色くて丸っこい鼻づらをした犬を指さして、彼女が言った。

これ、うちにいたわんこが産んだ子じゃないですか？

わかるかい。

ええ。

この子の名前もわんこだよ。わんこの子はわんこ。

わんこや、わんこや。

わんこや、吠えちゃだめ。

ああもう、あの子に似たのねえ。

似てるかね。

うちのわんこは死にました。

そうだってね。

二人の女性がしげしげと犬を見ているあいだ、オジェと私は車のうしろに回って庭に立った。バラが何株か植えてあり、陽射しに黄色く焼けていたが、芝生が育っていた跡もある。納屋の壁が陰になったところに、よく干し上げた菜っ葉の束が吊るしてあり、壁のペンキもはがれたところがなくきれいだった。すみずみにいたるまでどこもかしこもきちんと整頓されており、住む人の目配りがいきとどいた家だ。オジェはポケットから平べったいお酒の容器を取り出して、一口飲んだ。いい家だね、と私は言った。

お母さんが、「新しいおばさん」っておっしゃってたけど。

うん。

あんたとはどういう間柄になるのかと訊くとオジェは、直接そういうことばで呼んだりしないから親等数はよくわかんないんだけど、と言ってこんな話をしてくれた。オジェのお母さんは朝鮮戦争のときに、父方のおばさん夫婦に連れられて南下してきた。南に到着したあとそのおばさんが亡くなり、おじさんが新しい奥さんをもらったが、いくらもしないうちにおじさんも持病で亡くなった。一人残された新しい奥さんは実家に戻り、その人がいま、オジェのお母さんの隣で犬を見ているあのおばさんだ。オジェは大きな図体（ずうたい）をすくめてしゃがみこみ、木の枝で地面に関係図を書いてみせた。丸の横に丸を、その横にまた丸を、その横にまた丸を書き、斜めの棒みたいなものを丸のあいだに書き入れた。

ひとことでいえば遠縁ということかと訊くと、そうだ、と言ってオジェはうなずいた。

足がしびれたので立ち上がると、小さな老婦人が見えた。車のトランクのむこうから、オジェが地面に書いた関係図に熱心に見入っている。白髪を男の子のように短く刈って、とても大きなめがねをかけ、綿を入れて刺し子にしたチョッキとズボンをこざっぱりと着ている。オジェがいきなり立ち上がって、お酒の瓶をうしろに隠した。

上がんなさい。

ちょっとびっくりしてしまうほどはっきりした声で、彼女が言った。

ごはん、お食べ。
ごはん、あるから。

*

母娘は私たちを待っているあいだに食事をすませたそうで、お客の分だけごはんを出してくれた。九人ぐらいは余裕で座れそうなとても大きな食卓に料理を並べて、食べた。炒り大豆のしょうゆ漬け、焼き肉、たらの煮たのに、豆もやしの冷たいおつゆという献立だった。ごはんには白い豆が入っていてこれがおいしく、米より豆の味がいい。豆をさじですくってこれは何の豆ですかと訊くと、裏の垣根にくっついて育った白いんげんだよとおばさんが言った。この季節まで育ち放題にしておき、雨風にさらされて乾いたのを一握りごはんに入れて炊くのだ、珍しい豆だという。こんな話がやりとりされているあいだ、小さな老婦人は私が座っている椅子の背当てを撫でながら、ずっと私のうしろに立って息を荒くはずませていた。彼女が鼻から吐き出す息のせいで、私の頭のてっぺんの左側がさっきから、丸い形にくすぐったい。食事がすむと、お茶を一杯ずつもらった。干した柿の葉をやかんに入れてわかしたお茶で、香りがよく、甘みがある。私は茶碗のふたを手に持って、指先をあたためた。部屋の空気が冷たいので、手足の指が冷えるのだ。つつじと山百合をいけた壺のほかにはとくに何も置いてなくて、広々としてすっきりした居間だった。大きな窓から、この家に隣接した白菜畑と大豆畑が見おろせた。

来る途中で見たけれど、白菜を腐らせている畑が多いのねとオジェのお母さんが言った。

白菜の値段が安すぎるんだとおばさんが答えた。

うちも、自分たちが食べる分だけ抜いてあとはみんなほったらかしてある。

もったいないねえ。

白菜も大豆も、収穫するには人を雇わなくちゃいけないんだけど、作物の値段が安いから今年はだめだね。

白菜、ちょっといただいていこうかな?

持っていきなさい。柿も銀杏（ぎんなん）も、唐辛子も摘んでみんな持ってって。ここじゃ摘む人もいないんだ。

ソウルじゃ唐辛子が高くて、買えません。

このごろ金の価格も上がってるっていうね。

ええー、金の価格が私たちに何の関係があるの。

金が上がると、戦争になるよ。

そうなの?

昔からそうだったよ。

オジェと私は犬を見に庭に出ていき、犬小屋の横に階段があるのを見つけて屋上に上ってみた。よく磨かれたみそがめがいくつか置いてあった。晴れているので遠くの山の頂上がはっきり見える。白菜畑と大豆畑と、そのむこうまで続くさまざまな畑を見ていると、屋上のはじっこのきれいな瓦の上にクモがいるのを見つけた。とても太っていて、下腹と脚が赤い。クモをよく見たことなんかなかったが、こんなクモはとくに見たことがない。ほら、すごいクモだよと言ってオジェを見ると、オジェは遠くの山を眺めていた。

オジェのお母さんがコートを着て屋上に上ってきた。

いいねえ。ここから見るともう秋だね。

彼女は屋上のはじに沿って歩きながら四方をゆっくり見わたしたあと、家の裏に広がっている畑を指さし、あそこまでがおばさんの土地なんだよと言う。はい、と私は答えたが、あそこまでってどこまでなんだろう。そう思いながら、彼女が指さしてみせた野原の方向をあいまいに眺めていた。

千坪だよ。

千坪ってこのくらいなんですか？

ここ以外に唐辛子畑と、ほかにも畑が一つあって、この家まで合わせて千坪なの。

それを、全部で一億六千万ウォンで売りに出してるんだって。

安いんですか?

安いよ。あなた都会で、そんな額でこの家が買える? これだけの土地を買える?

そうですね、安いですね。

安いよ。安すぎるんだ。

安いよな、とオジェが急に言った。

そんな金がある人にとっちゃ安いだろ。そんな金のない俺みたいな奴には、安くないけどな。

階段の下の方でわんこが鳴いた。吠えるのではなくぶつぶつ言ってるような声だった。知らない人たちが屋上に上がっているのにちゃんと見張れないので、気が気でないというふうに。オジェのお母さんも黙って千坪の畑を眺めている。彼女がコートのポケットに手を入れたまま階段をおりたあと、私はオジェにむかって何かあったのかと訊いた。オジェはうんともすんとも言わず、手のひらで顔をこすっていた。

*

唐辛子畑へ出かける前に服を着替えた。私は、オジェのお母さんが私の分も持ってきてくれた古いジーンズをはいた。そうやっているのを見たことがあったので、靴下の中にジーンズの裾をたくしこみ、畑に行く準備がすっかり整ったと思っていた。そのかっこうでスニーカーをはき、庭に出て待っていると、老婦人が玄関から庭を見おろして私にむかって何か言う。怒っているのかなと思うほど、私をまっすぐにらんで同じことをくり返す。厚いレンズで何重にもぐるぐるになった渦巻きの中の目を見ながら、何を言っているのか聞きとろうと苦心した末、身じたくが足りないという助言であることがわかった。それじゃ痛いというのだった。

そんなかっこじゃ、トゲが刺さるよ。

トゲ？

とにかくズボンの裾は靴下の外に出さなくちゃいけないし、その上に長靴をはけと忠告してくれた。老婦人が靴箱を探して出してきてくれたゴム長をはき、言われるままにシャツをもう一枚重ね着してみると、体が妙な感じがする。オジェもお母さんもいつのまにか似たような服装に長靴をはいて庭に出ていた。お母さんは麦わら帽子までかぶっている。私は彼女が差し出す手袋を受け取り、ポケットに入れた。

唐辛子畑までは車で移動した。おばさんはふだん自転車で行き来しているというが、予想していたより遠い。車でも十分ぐらいかかる距離だ。まっすぐで狭い農道を車で走っていくと、日を浴びてからっと乾いた感じの田舎家が見える。とっても静かですねと言うと、おばさんが、いまはそうだけど最近は都会から避暑客が集まってくると言った。そういう人たちがちょっとはお金を落としていくんでしょ、とオジェが言う。あの人たちはゴミを落としていくよと、おばさんがぶっきらぼうに言った。

唐辛子畑はゆるやかな斜面だった。その背景には低めの山があり、刈り入れをひかえた農地が黄色く色づいて広がっている。ヨーロッパ風に垣根をめぐらせた一軒家の前に車を停め、袋を持って唐辛子畑に上っていった。畑、と聞いて何となく、私たちでもどうにかなる規模だろうと思っていたのだが、そうではなかった。午後じゅうずっとやっても半分も収穫[*1]できるかどうかというぐらいに広い。おばさんが摘む要領を教えてくれた。唐辛子はぎゅっと握っちゃいけない、頭のところをつまむんだよとまじめに言うのを聞いて笑いが漏れそうになるのをこらえていると、ちょっと、よく見なさいと背中をどやされた。できの悪い傷ものの唐辛子も交じっているから、袋に入れるときによく見なくてはならない。

ほら、と言って裏返してくれたのを見ると、唐辛子に黒い穴があいている。これも、これもと裏返す唐辛子にはどれも茶色や灰色のしみが広がっている。表はきれいなのに、歪(ゆが)んだ裏側を見るとゾクッとする。なんでこうなるのかと訊くと、病気にかかったんだとおばさんが言った。ぎっしり密集して育ちすぎたのだと。ほんとは苗を植えたあと間引きしてやらなきゃいけないんだけど、人手がなくてできずにいたら病気が広がってしまったという。なるほど、唐辛子の栽培のことなど何も知らない私が見ても、畑の畝(うね)はどこもぼうぼうに茂り放題だった。

食べてもいいですか？

まともなのは食べていいよ。

おばさんは、ごまを収穫すると言って坂を越えていき、オジェとお母さんと私が唐辛子畑に残って唐辛子摘みを始めた。手をつっこむのもたいへんなぐらいぎっしりと育った茎をかきわけ、青く育って病害のないものだけを摘んで袋に入れ、その合間に赤いものは別に集めておく。袋がどんどんいっぱいになっていくのはおもしろかった。一生けん摘み方の要領を覚えたあとは没頭して、畝のあいだを行き来しては摘んだ。めいめい摘んで腰を伸ばすと、オジェが唐辛子の茂みに背をむけたり、坂に生えた木を見ながら立っている姿が見えた。

＊

いっぱいとれたかい。

オジェのお母さんが私の袋をのぞきこみながら言った。彼女が一袋、オジェが一袋、私が一袋、腰の高さまである袋をそれぞれ一個ずついっぱいにして、三人でもう一袋

＊1　【唐辛子】　韓国では男の子の「おちんちん」の意もある。

完成させるともう日暮れだった。オジェと私は唐辛子摘みに飽きたので柿をとりに行くことにし、唐辛子畑の裏の低めの山に移動した。もともと丘といってもいいほどなだらかな山だったところを畑にするため山すそを削って整え、てっぺんだけ残した山だ。

オジェが注意深く地べたを探して、先がＹの字に分かれた竹竿（たけざお）を拾ってきた。誰かが使って捨てたものらしい。私は山頂から流れてくる水でできた水路をまたいで立った。石が流されてきて水路にはまり、その上に黒や緑の苔（こけ）が生え、その上に去年、おとし、そして今年の落ち葉が積もっている。

そこを踏んでうっかり足を滑らせたら、苔むした石の角にぶつけて顔がつぶれるかもしれない。気をつけろとオジェが何度も念を押し、私はわかったと答えて竿を高く持ち上げた。竿の先の枝分かれしたところにヘタをはさんでひねると柿がぽとんと落ちるというのだが、うまくいかない。竿をおろして位置を変えると、この竿が捨てられていたわけがわかった。Ｙ字の先の一方が折れているので、ヘタをちゃんとつかむことができないのだ。竿を捨て、近くに散らばっていた木の枝を拾い、柿にむかって伸ばしてみたが、短すぎたり長すぎたり、重すぎたりする。

気をつけろよ。

長いのをゆらゆら振り回したりしたあと、オジェがちょうどいい棒を見つけてからはちゃんととれた。棒のせいか技術のせいか、枝から離れた柿が棒の先になかなか止まっていてくれず、すぐに地面に落ちてつぶれてしまう。つぶれずに落ちたとしても、坂だからころころ下に転がる。私はおもしろがって一生けんめい柿をとり、オジェが坂を上りおりして柿を集めた。袋の半分くらい柿をとったあとは、銀杏を拾った。もう地面に落ちている銀杏は、落ち葉に埋まってじゅくじゅくに腐っている。オジェのお母さんが助言してくれたように手袋をはめて、黄色くぐしゃぐしゃになった果肉をしごきとり、実を袋に入れていく。汁がついた手で地面に落ちた銀杏をつぶしてとると、センダングサのトゲトゲで手袋がまっ黒になった。老婦人が心配していたトゲとは、これのことらしい。

ちょっと座ろう、とオジェがトゲのついた手袋をはずして言った。

銀杏や栗のイガの上に座らないよう地面をよく見て、斜面に座った。刈り入れを控えた田んぼが広がっている。そのむこうは車もあまり通らない舗装道路、日はいましがた沈みはじめ、電柱も山も木の影も少しずつ長くなっていた。オジェと並んで座り、田んぼを眺めながら柿を分けっこして食べた。柿は冷たくて甘かったが、少しえぐみがある。昔々のおばあちゃんのチョゴリの味がすると言うと、どういう味だよとオジェはめんくらった顔をして私を見た。オジェのお母さんが、このぐらい摘めばもういいだろ、と言いながら唐辛子畑の畝を行ったり来たりして袋をいっぱいにした。栗の木、いちょう、柿の木、松の木、いろんな木の枝のどこかでキトゥッ、キトゥッと鳥が鳴いた。どこかむこうの方から、おばさんがごまをはたいてとりいれる音が聞こえてきた。

＊

ふしぎな思い出があると言って、オジェがこんな話をしてくれた。

ちっさいころなんだけど。

日が暮れる直前まで遊んでて、家に帰ってきたらな。鍵がかかってんだ。俺、鍵持ってなくてさ。手も足も汚れてて、腹も減ってて、寒いし、早く中に入りたいのに鍵がない。なあ、そういうときってマジで参るだろ。玄関さえ通り抜けられりゃ、俺のもんが全部あるのに、俺がよく知ってるもんが——あったかくて、ざらざらしてたり、やわらかくすり減って角がなくなったみたいなもん、たとえば俺の頭の匂いがしみついた枕とかな、そんなのが全部あるのに、親指より小さい鍵一個がないせいでそこに入れないんだ。八歳ぐらいだったと思うよ。な、おまえさ、それぐらいの年齢のとき自分が何見て何思ってたかって、憶えてる？　俺ほとんど憶えてないよ。けど、あの日のあのときのことははっきりしてんだ。色も匂いも温度もはっきりしてて、かえって、ほんとにあったことかなって疑わしいぐらいだ。でさ、俺、鍵待って窓の前に立ってたんだよ。ガラス窓で、内側にカーテンがかかってた。青い色でさ。それが垂れてたとこにどういうふうにしわができてたか、ガラス越しにどういうふうに見えたかまですごくはっきり憶えてんだぜ。

そのカーテンに隠れてるのが何か、どこに置いてあるか、そっくりそのまま思い浮かべられたよ。日が沈んでもっと寒くなって、俺は何でもないふりしてたけど、ほんとは家に入りたくてもう必死だったんよな。そのときだよ、そのとき時計が鳴ったんだ、家の中でさ。てっぺんにボタンがついたおっきな丸い置き時計だったんだけど、いつも窓の前、テレビの上に置いてあった。それが鳴り出したんだよ。俺びっくりしてさ。手が出せないのに、外で聞いててもその音ほんとにでっかくて、ジンジン熱くなってるみたいで、息が切れそうで、もう突き刺さってきそうなんだよ。早く、早く止めないとたいへんなことになっちまうぞ、村の人たちが集まってきて怒鳴ったり、うちに石でも投げたり、うちの両親に出て行けって言うんじゃないかって思ってさ。とにかくものすごい音なんだ。あんなにでっかい音出したら乾電池が減っちまって止まるんじゃないかと思ったけど、ずーっと鳴ってんだぜ。俺、汗垂らしながら壁を見てたんだよ。壁のむこうにあの時計がある。俺、それが生きものみたいな気がして、乱暴でおっかない生きものが俺を脅してるみたいで、憎くなって、壁をにらんで立ってたんだ。三十分ぐらいそうしてて、まあ、もっと短いか長かったかしれないけど、すーっと腕を伸ばしたんだよな。何がどうなってるかなんて考えず、ただ無我夢中で手を伸ばしてっただけなんだけど、ずっと伸ばしてったら壁に腕が入って、壁のむこうを手探りしたら、時計があったんだよ。

*

壁に穴をあけたのかと訊くとオジェは、穴をあけたんではなくて、と首を振った。単にボタンを押して時計を止めてから、腕をひっこめただけだという。

そしたら、静かになってなー。時計は鳴りやんで、壁はぜんぜん何ともなくて。あとで家に入ってからすぐ調べてみたけど、時計は窓のそばに置いてあって、間違いなくボタンが押されてた。俺が押したんだよって言っても、両親も何のことかわかんないみたいでさ。うそだって言うんだよ。夢でも見たんだろって言うんだ。空想のしすぎで、起きてもないことを起きたと思うようになったんだろって。でも俺、絶対そんなん違うと思ったんだ。だって、はっきりしてたんだからな、いま思い出したってこんなにさ。

ほんとにはっきりしてたんだぜ、と、オジェはぼんやりした顔で前を見た。

私、おしっこしてくるから。

オジェのお母さんが唐辛子の茂みの中で叫んだ。

飛行機が一機、夕暮れどきの空気に太い線を描いて飛び去った。オジェと私は鳥を見ていた。鳩に似ているが、都会で見る鳩よりも色が優しく、ちょっと大きく見える鳥たちが、農業用水の近くに群れをなしておりてきては、木の枝に戻ることをくり返していた。私はオジェに、何か最近めんどうなことでもあったのかと訊いた。

めんどうなこと？

そう問い返して、オジェは銀杏の汁がついた手のかわりに手首で顔をこすった。

別に何もないよ。生きてりゃめんどうだらけだろ。

だって、さっきは。

さっき？

屋上でさ、お母さんがくやしがってた。

そうだっけ、と言ってオジェはまた顔をこすった。

くやしいのは俺も同じだよ。母ちゃんが人の気も知らないで、むやみなこと言うからな。俺、ここへ来たの、じつは目的があったんだ。

目的？

田舎で暮らした方がちっとはましかもと思って、ようす見に来たんだ。俺もう嫌なんだよ、都会で暮らすの。六か月ごとに契約書書きながら働いてみ、まいっちまう。身動きもとれないもんなあ。職場で、見逃したらいけないようなことが起きてても、何も言えないし。人目ばっか気にして、やりがいもないし。契約更新日が近づくと胸がドキドキすんだ。全部ほっぽり出してこういうとこでのんびり暮らしてみようかと思ったけど、そう簡単にもいかないよな、田舎だって、「何か」を持ってなきゃ暮らせないっていうもんな。俺ってほんとにその「何か」がない奴なんだよなあって、そんなことばっか、思ってさ。来るんじゃなかった。

オジェのお母さんが作業服のズボンを引き上げながら、唐辛子の茂みのあいだで立ち上がった。

オジェと私は唐辛子畑の主人がごまを入れた袋をかついで唐辛子畑に入ってくるのを見ていた。オジェがまず立ち上がり、私も立って尻の土を払い、唐辛子畑におりていった。そのあいだにオジェのお母さんは一人で袋半分も唐辛子を摘み、袋は都合五個にもなった。重い袋を気をつけて車に運んだあと、セメントできっちりと作られた水路の水で手を洗った。誰かが銀杏を水ですすいだらしく、冷たく澄んだ水の中に、割れてぐにゃぐにゃした銀杏の果肉が沈んでいた。

＊

唐辛子の袋と銀杏と柿を積んで老婦人の待つ家に帰っていった。ごまの匂いが車の中にすっかり広がり、鼻をつくようだ。唐辛子畑の主人が、何週間も前にごまの収穫の準備をしたんだけど、今日こそはしっかりさっぱりやってのけたと、満足げに言う。そして、帰り道で工場にも寄ってみようと彼女が言った。

何の工場ですか？

弟の工場。

亡くなった人の工場がその近くにあるというのだった。

そこの隣が畑で、かぼちゃがいっぱいとれるよ。

唐辛子畑から工場までまた十分車で移動した。じゃりが敷かれた平地に車を停めて、豆畑のあいだにできた細い道を歩いていく。通る人があまりいないらしくて、細い草がびっしり生えている。ここは遠いからあまり来られないと唐辛子畑の主人が言う。地面を注意深く見ながら歩いていき、ほとんど干からびた蔓（つる）をかき分けていくと、かぼちゃがぬっと現れた。彼女はそれをとって私に一つ、オジェにも一つ、オジェのお母さんにも一つくれた。うさぎ小屋の前を過ぎたところに仮設の建物があった。「テピョン雑穀工場」と書いたアルミの看板が、まっさらですよという感じで外壁にかけてある。唐辛子畑の主人が錠を開けて中を見せてくれた。清潔な工場だった。天井が高く、あちこちに作られた棚の上に、商品を入れる箱や袋が手つかずできちんと積んである。梱包（こんぽう）も解いていない機械類のあいだから、おがくずと紙と穀物の匂いがする。全部新品だよと、唐辛子畑の主人が言った。

うちの弟が、ここ立ち上げる準備してて、死んだの。

そうなんですか?

全部できあがってから、急に死んだんだ。

惜しいね。

捨てられなくてねえ。こうやってとっておいてあるんだよ。

残念だねえ、ほんとに。こんなものを全部残して、亡くなっちゃうなんて。

オジェのお母さんが嘆かわしげに工場を見回しているあいだ、オジェは座りこんで、機械の箱に印刷された文句を注意深く見ていた。私は所在なくオジェのそばに立っていたが、工場の外へ出てうさぎ小屋の前をうろうろした。錆びたうさぎ小屋にうさぎが五羽、残っていた。えさは誰かがやっているらしく、新鮮な白菜の葉と大根の葉が窓の格子にこじ入れてある。うさぎたちは白菜の葉を噛みながら私をにらんだ。排泄物で足が黄色く染まっており、床まで格子になっているせいで足の指のあいだが広がっている。生まれてから一度も平面を踏んだことのない足だ。三回、四回と裂けたことがあるらしくて、指のあいだは赤くなっている。

うさぎ小屋に背をむけ、工場にむかって立った。これら全部の持ち主だった男のことが、急に気になった。病気のために、せっかくの成果を持ちぐされにして死んでしまった内気な男。彼の姉さんがずっしりと重い袋をかついで工場の外に出てきた。彼女はもう一度工場へ入っていき、前の袋ととくに違わないように見える袋をもう一つひっぱってきた。オジェのお母さんがついて出てきて、袋の中をのぞきこんだ。私はすぐに近寄って袋を車に運んだ。背中にかついだ感触では、こちこちしてでこぼこしている。何か大きなかたまりが入っている。さつまいもとかぼちゃだと唐辛子畑の主人が言う。近場の畑でとれたのだが、置き場所がないのでここに集めておいたというのだった。これも持っていきなと彼女は言った。これを全部どうやって持ってくのとオジェのお母さんが遠慮したが、彼女は持っていけと言う。

全部持ってって。ここじゃ、食べる人もいない。

＊

暗くなるころ、唐辛子畑の主人の庭に戻ってきた。

老婦人が海苔（のり）をあぶって待っていた。昼と同じ場所でごはんを食べることになった。唐辛子畑の主人は自分の母親をおばあちゃんと呼んでいっしょにお膳を整えた。これはおばあちゃんのごはん、これは私の、これはおまえの、これはあんたの、と言って渡してくれるごはん茶碗を受け取り、油を塗ってぴかぴかしている海苔でごはんをくるんで食べた。老婦人は自分のごはんは放っておいて、椅子のうしろを歩き回り、食膳を見張っていた。大豆のしょうゆ漬けがなくなったら追加し、豆腐のつけ焼きがなくなったら補充し、ナムルがなくなれば持ってきて、海苔がなくなればその場で海苔を切ってお皿にのせてくれる。食卓の隅に置かれたかごには、おばあちゃんのおやつだというあめとキャラメルがうずたかく積み上がっており、そのまわりに額や花かごが置いてある。おばあちゃん誕生日おめでとう、とオジェのお母さんが額に書かれた文字を読んだ。おばあちゃん、プレゼントもらったんですねと彼女が言うと、唐辛子畑の主人が、そうじゃなくて私がもらったんだと答えた。

　居間の窓がまっ黒だった。

大豆畑と白菜畑の方を向いた窓からは、明かり一つ見えない。ただもう茫々(ぼうぼう)として閉ざされているだけだ。巨大な何かが、とほうもなく黒い目をガラス窓にくっつけて中をのぞいているようだった。重量感も密度も都会の夜とは違う、迫ってくるような夜の中で犬たちが吠えた。ふしぎな犬だよと唐辛子畑の主人が言った。不幸な知らせが入る前にかならず吠えるというのだ。弟が死ぬときにも犬が吠えたと彼女が言う。彼女の内気な弟は真冬に突然倒れ、一週間意識不明の状態で入院していたが、彼が死んだ日、明け方から二匹の犬が虚空にむかって声を長く伸ばして吠えていたそうだ。寒かったからでしょ、とオジェがつっけんどんに言い、お母さんと唐辛子畑の主人は聞こえないふりをした。老婦人が海苔をさくさく切って皿にのせた。

　家が売れちゃったらどうなさるの。

オジェのお母さんが聞いた。

おばあちゃんと、工場に住むよ。

唐辛子畑の主人が言った。

来るとき工場見ただろ、あそこにおばあちゃんと二人で住むのさ。

寒いでしょ、あそこじゃ。

ストーブ焚(た)くし、どうにかなるよ。あそこ、思ったよりあったかいんだ。それよりか家が売れなくてさ。

そうなんですか?

買い手がつかない。売りに出したの一年前だけど、誰も見にもこない。

そんなに、人、いないの。

買う人がいるかい。一億六千万っていったら、都会で家を買う人にはただみたいなもんだろうけど、ここじゃそんな金持ってる人がいない。

この家売って、何するんですって?

オジェのお母さんが聞いた。

さあね、どうするんだか。事業でもやるんだろ。

おばさんが言った。

ばかばかしい。

老婦人が言った。

売れなきゃいいのに。

オジェのお母さんが言った。

売れなきゃいいのに。

老婦人が言った。

＊

遅くなる前に出発することにして、庭に出た。唐辛子畑の主人が電球をつけて庭を照らした。唐辛子に柿にさつまいもにかぼちゃ。袋をどっさり積んでみると、車体が目で見てわかるほど沈んだ。タイヤの下の方がぐっと押されて、釘でも刺さったらひとたまりもなくつぶれてしまいそうだ。誰かが私の腕をとんとんたたいた。老婦人が私の顔をしっかりと見て、言った。

泊まってけ。

ごはん、やるから。

誰か助けてと思って見回したが、オジェもオジェのお母さんも荷物の確認で忙しい。何と答えたらいいのかわからず立ちすくんだあげく、つぎに来たとき泊まりますと言った。何重にも重なって渦巻きになっためがねの中で、老婦人の目が悲しそうに歪んだ。

また来るか。

はい。

ほんとに来るか。

はい。

私が死ぬ前に、ほんとに来るかね。

……

来るわけないな、あんたが、と気を悪くしたようにつぶやく老婦人の前で、言わずもがなの約束を口にしてしまった私は顔が赤くなった。オジェのお母さんが車の後部座席から頭をつきだして、おばあちゃん、帰るよと言った。

唐辛子畑の主人は最後に、納屋の壁に広げて干してあった大根葉を一束はずして持ってきた。何でもかんでも人にやっちゃだめですよ、とひとしきりオジェのお母さんが断ったのだが、ひざの上に投げ入れて車のドアを閉め、うしろに下がる。石を撥ね飛ばして庭を抜け出ていくあいだ、私は自分のひざを見ていた。しばらく遠ざかってから。サイドミラーで見た九十歳の老婦人は、庭にぽつんと立ってこっちを見ていた。

*

帰り道はそれほど混まなかった。

前を走る車もあまりいないまっ暗な高速道路で、ヘッドライトのハイビームをつけたりしながら走った。

オジェはしきりに制限速度をオーバーした。ちょっとスピード落としなよと言うと落とすが、ぼんやりしているとじきに時速百二十キロを超え、また百三十キロを超える。お母さんはとっくに眠ってしまい、袋にもたれていびきをかいている。袋の重みでぺっちゃんこになったような感じで走っていった。車の中はうすら寂しく、オジェはラジオをつけてニュースを聞いた。不動産取引が減少し、景気は相変わらず停滞中だという。

オジェが政策担当者を非難した。この国の経済は不動産取引が活発でないとうまくいかないのに、政策をしくじって不動産が低迷しているから、結局は経済も停滞する。うちの会社にも、マンションの価格が下落して青息吐息の人が多いんだとオジェは言った。

年がたてばマンションも古くなるから、価格が落ちるのは当然なんじゃないのかと私が聞くと、おまえはほんとに経済観念というものがないと言ってオジェが真顔になった。

別世界から来たのかよ、なんでそんなことも知らないんだ。古いマンションが高いわけを教えてやろうか。ほら、昔建てたマンションは商業地区開発の可能性があったから期待値があったんだ、わかるか、だから当然、値段が上がったわけだ。最近建ててる店舗併設の高いマンションなんかは、時間がたつにつれて値段が落ちるようになってんだ。商業地区が飽和状態なのに再開発してんだから。もう開発する余地がないのに。

それが経済だよ、とオジェは力をこめて言った。

そうなんだ、と答えてあとはもう黙っていた。カーブを切っているところだった。後部座席とトランクにぎっしり積んだ重い袋のせいで、車が一方に大きく傾く。私の左肩にオジェの右肩が触れた。オジェはきっぱりモードから急にもとのお疲れモードに戻ってハンドルを握っていた。

目的地が近づくにつれて車が増え、スピードが落ちた。ラジオのDJが、月食のニュースを伝えていた。明日の夜、七十年ぶりの完全な月食が起きる予定だから、真夜中過ぎにはかならず空を見てごらんなさいと彼が言う。私は黙って助手席に座ったまま、月食のことを考えた。私は月食を一度も見たことがない。見ようと固く決心していても、かならず忘れた。こんどこそはと誓ってみたけれども、いざその時間になったとき自分がどこで何をしているか、自分でもわからない。

疲れているのにふしぎと眠気が訪れず、私はぱっちりと目を見開いていた。

*

トールゲートの明かりが見えてくるころ。
今夜、月食があるよとオジェが言った。

ヤンの未来

その書店は古い団地にあった。

地上階が二階までしかない、平たくてちょっと傾斜した、ケーキみたいな形のテナントビルの地下にあった。地下階の全部を占めていたのだから比較的規模は大きかったが、場所が辺鄙(へんぴ)なうえにそのビル自体がさびれていたので、開店当初はちっともお客が来なかった。書店の主人は地下へおりていく階段の横に立て看板を置き、二百個もある室内灯を全部つけて、営業中であることを知らせた。夜になると、階段に沿って広がる地下の明かりが遠くからも見えるほどだった。街路樹の下を歩いてきた人たちがそれを見て地下に吸いこまれ、本をめくっては一冊、二冊と買っていくようになり、お客が少しずつ増えていった。

私はそこで主にレジの仕事をしていた。ひまなときは手袋をはめて棚の整理をしたり、在庫目録を作ったり、床にモップをかけたりした。それもこれも終えるとレジに戻って店の入り口を眺めた。晴れた日も、薄暗くじめじめした日も、太陽は六枚のガラスのむこうにある。悪くない環境だった。書店で働くのは楽しかった。当時はわかっていなかったけれど、そうだったのだ。地上にむかって扇形に広がる階段を上っていくと桜の木があり、電話ボックスがあり、そこを照らすためなのだろう街灯が一本立っていた。春になると街灯のそばの桜が一番に花ひらく。花の散るころ夜ともなると、落ちていく花びらが銀白色に光る。レジ台からその光景がすっかり見えた。一枚一枚、空中で何十回も裏返りながら落ちてゆく。その時期には書店に通じる階段のあちこちに、点々を打ったように花びらが散らばった。突風が吹くと花びらは階段のすみで渦を巻いて舞い上がった。チンジュという女の子が書店の近くで失踪したのも、そんな季節のことだった。

*

私はごく若いころから働いてきた。中学高校時代を思い出そうとすると、まず浮かんでくるのがどこかで働いていたときの思い出だ。ハンバーガーチェーン、ファミレス、貸し本屋、道でチラシを配ったこともあるし、週末にはスーパーのかたすみで試食用のエビフライを揚げた。いつも働いていたんだなあ。私はしばらく前にそのことに気づいた。くやしいとも残念だとも思わない。そうだったんだなあという程度のことだが、ふっとそれに気づいてしまった。

働いているときに同級生や同い年くらいの子に会うのは恥ずかしかった。といっても、たいしたことじゃないわと言える程度の恥ずかしさ。そんな恥ずかしさを経験しては、忘れた。忘れることができていた。

仕事をやめてしまいたいくらい恥ずかしかったのは一度だけだ。十六歳で、私はまだ高校生で、夏休みに繁華街の洋服屋で働いていた。「ロマン」だったか「ローマ」だったか、そんな店名のブロンズ色のイタリック書体の看板がかかった店で、主に安生地で作った服を売っていた。この店には午後になるとかならず寄るお客さんがいた。いつもスーツを着て、空っぽと思われるキャリーバッグを引いて入ってきて、服をあれこれひっくり返しては出ていく女性だったが、あるとき私が彼女の接客をすることになった。黒いセーターと白いセーターで迷っているらしい彼女に、私は白い方を勧めた。あたたかみのある色だからお客さまによくお似合いですよと言うと、彼女は両手にセーターを持って真顔になり、私を見つめた。なんで白があったかい色なの？　彼女はそう尋ねた。白は冷たい色よ、あんた（アガシ）！　白は寒色。美術の時間に習わなかったの？

私は顔が赤くなった。もう赤くなっていたのだがさらに赤くなるのを感じ、立ちすくんで彼女を見つめた。裸で立っているような気分だった。無教養や不注意をとがめられて恥をかいたからではない。アガシと呼ばれたからだ。店員さんとか学生さんではなくて、アガシ。いたたまれなくなって、なんでだか涙が出た。私はしばらくしてその店をやめ、二度と戻らなかった。

私が通っていた高校は商業系の学校だった。卒業年度になるとクラスの半分くらいは仕事について、学校に来なくなる。私は学期のはじめから欠席していたので、就職が早く決まった方に属する。自分では、簿記の成績がよかったからだと思っていたが、実際には私の仕事は簿記とほとんど関係なかった。倉庫型激安スーパーのレジで、品物をこっちからあっちへ移してはバーコードを読み取り、価格を読み上げてお客のクレジットカードを受け取り、リーダーに通してサインをお願いする仕事だ。

私はそこで一日十時間働いた。毎日すさまじい量の品物をレジ台の上にひっぱり上げては押し出し、すさまじい数の人たちをレジの外へせきたてて送り出す。ささいな言い合いの末、レジの中まで入り込んできたお客にほっぺたをひっぱたかれたこともあるが、そんなことがしょっちゅうあったわけではない。特別な思い出もない。憶えているのはバスの時間に遅れまいとして焦っていたことぐらい。当時私が乗っていたバスは運行間隔があいていて、いつ来るかはっきりしないので、一台逃がしたら三十分も四十分も立ちっぱなしで待たなくてはならず、私はそれが嫌なばかりに出退勤のときいつも走っていた。夜は手足が溶けてしまいそうなほど疲れているのに、寝つけなかった。寝床で天井を見ていると、大人が二、三人のしかかっているのではと思うほど胸が重苦しい。ある日咳が出はじめて、それが止まらなくなった。肺結核の診断を受け、追い出されるようにしてレジの仕事をやめたときは、勤めて五年めになっていた。

病気がすっかり治るまで何もできず、家でごろごろして太る一方だった。そのころは母さんがもう十年も肝臓ガンで闘病中で、父さんが母さんの看病と家事を引き受けていた。父さんは母さんにもそうしたように私のことも手厚く世話してくれた。生活費が足りないとか、いつから働けそうかとか、そんなことはひとことも言わない。母さんも父さんも小柄で無口だったから、家は静かだった。そんな静かな家で寝ていると、この家のどこかで両親がわざわざ息を殺しているような気がする。そう思うと私も自然と息を殺すようになる。

家にいるあいだ、本を何冊か読んだ。新しい本を買いたいとは思わず、あるものを何度も読んだ。リビングに置いてある古い本棚に父さんの本があった。そこから手あたりしだいに持ってきて、自分のベッドで読んだ。

いちばんよく読んだのは、三十四歳で川に身を投げて自殺した小説家の短編だった。いろんな作家の短編を集めた本の中に、その人の短編が二つ入っていたのだ。初期に書かれたものと、死ぬ間際のもの。はじめのは簡潔で力強かったが、二つめのはもう、めちゃくちゃだった。どうでもいいようなことに強迫観念的にとらわれ、憂鬱がり、悲惨ぶって、最後は、もう書く力がない、こんな状態で生きていくのは辛いという文でしめくくられていた。ほかに何が書いてあったか憶えていない。読んでいておもしろかったわけでもないのだが、その二つの小説を私はくり返し読んだ。この人は最期の瞬間、心残りじゃなかったのだろうか。私はこれを読んで、自分が死ぬときのことを考えてみたのだと思う。こんなダメダメなのは嫌だと思ったのだ。とくに、ダメダメなものを残して死ぬのは嫌だ。それでは気になってしょうがないだろうから——世界に残してきた、自分のダメさ加減のことが。

　病気が治って元気を取り戻すまでにはほぼ一年かかった。つぎの仕事を探すときは通勤距離を重視した。書店員求むという広告が出ており、その店は家から遠くなかった。電話で場所を訊き、歩いて行った。店は開店準備であわただしく混乱していたので、入り口で一時間ぐらい座って待ち、そこで面接を受けた。めんどうな質問はなかった。ずっと働けるか？　はい、と私は答えた。

　前の職場にくらべたら、書店はよかった。

　まずは書店というだけでもよかった。はいた痕跡のあるパンツを交換してくれと言って持ってくるスーパーのお客の相手をするよりはいい。ねこもいた。店におりていく階段の横には植え込みのある花壇があり、その中でねこが子どもを産んだのだ。いちばん黒くて小さい黒豆はすぐにも死んでしまいそうに見えた。ホジェは子ねこにそれぞれ、あずき、きなこ、黒豆という名前をつけた。ホジェは黒豆の目やにをとってやり、体温が戻ってくるまでひざにのせて親指で体をこすってやった。ねこたちが雨や直射日光を避けることができるよう、植え込みに傘をさしかけてやったのもホジェだ。五日ぐらいたつとホジェは傘をかたづけ、その場所にプラスチックの箱を置いた。私はホジェのそばで、彼が箱の底に防湿用ビニールとぼろ布を敷き、子ねこたちを入れてやるのを見守った。ホジェは最後にまた傘を広げて箱の上にさしかけた。ホジェと私が箱のそばを立ち去ると、植え込みのあいだからねこのお母さんが出てきて箱の匂いをかぎ、歩き回ってからその中に入っていった。このねこたちは店に来る人たちの関心を集め、かわいがられた。いたずらをしようとする子どもたちもいたが、ホジェはそんな子には厳しく当たった。その親たちがきげんを損ねないかと恐れた書店の主人が、ねこを追い出してしまえとぶつくさ言ったが、ホジェはとりあわなかった。それ以外の点ではホジェはとてもいい書店員だったので、ねこたちはそのまま花壇に住み続けた。

だが、ホジェはねこたちより先に書店を離れた。

あきらめていた学位を取得するために大学に復学したのだ。国民のほとんどが最低でも学士の国で、それさえ持っていない男はやっていけないことを痛感したとホジェは言ったが、どんな状況でそれを痛感したのかは最後まで言おうとしなかった。何かあったんだな。私はただそう思い、ホジェのために少し胸が痛かった。

復学したホジェはほんとに一生けんめい勉強した。ホジェが図書館から出てくるのと、私が仕事を終えて退勤するのが同じ時間帯だったので、私たちは夜に会った。二人ともお金がなかったが、モーテルを使うしかない。デート代が足りなかった。ホジェと私は二人で一つのハンバーガーセットを分け合って食べ、食費を節約した。だからデートのあいだじゅうおなかがすいていた。セックスしたあとはもっとおなかがすき、モーテルのベッドやテーブルに小銭を並べて、それで何が食べられるか計算してみたりしたものだ。

ホジェは背が高く、ベッドの端にぴったりくっついて寝る癖があった。ホジェがまっすぐに寝て足を伸ばすと、ベッドの片側の端がいっぱいになる。そうやって寝てもふしぎなことに、ベッドから落ちることはなかった。ホジェはほんとうにぴくりともせずに眠る。眠る前、冗談でホジェのおなかに枕をのせておいたことがあるが、朝目を覚ますとホジェはまだおなかに枕をのせたままで寝ていた。ホジェといっしょにいるとき、私は何度か、自分の父さんの話をした。黙々と母さんの世話をする父さん。男らしさが完全になくなってしまったような、父さんというよりおばあちゃんみたいな感じで家のことをやっている、小柄な父さん。

母さん、そろそろ死んだらいいのに。

父さんも。

こんなこと私が言ったのだろうか。ほんとに言ったのだろうか。このうちどっちを言い、どっちを言わなかったのかはっきりしない。でも、両方じゃないとしてもどっちか一つは言ったのだ。一生子どもは作らないと私が言ったとき、ホジェは理由を訊かなかったから。


ホジェは残りの学期を無事に終えて新しい就職先を探して回ったが、うまくいかなかった。書類審査や面接を受けるたびに意気消沈していた。一度事務職で採用されたことがあったのだが、二か月もしないうちにやめ、そのことでいっそう不きげんになった。いい職場に入りたいならもっといろんなものが必要だ、とホジェは言った。自分の履歴書には特別なことが何もないと言い、そのことを痛感したとも言った。モーテルのベッドの上でホジェは荒々しく足を曲げて私の体にのしかかり、私はホジェに押しつぶされたまま彼の顔をうかがい見た。ホジェの頼みでコンドームを使わない日もあったが、その後ホジェは私より不安そうに見えた。
三、四か月に一度、書店の在庫整理をする日が回ってくる。コンピュータに記録された在庫目録がいいかげんなので、実際に棚に並んでいる本をまた一冊一冊記録するのだが、私だけでなく従業員三人が動員され、夜遅くまでかかってやらなければならない。月末の決算と重なることもあり、その夜がそうだった。私は夜がふけてから、かばんに厚い領収書の束を入れたままホジェに会いに行った。ホジェはモーテルで待っていた。ほとんど徹夜で働いたあとなので、私はホジェが自分の上にいるあいだもうろうとしていた。ある瞬間にホジェの動きが止まり、ホジェのあごだかどこだかにたまっていた汗のしずくが私の口の中に落ちた。私はびっくりして目を開けた。おなかの中にあったかい何かが一かたまり広がるのを感じ、それはぞっとするような感覚だった。私はホジェをひっぱたいた。やめてよ。

やめてよ、と言いながらホジェの背中をバシンバシンとたたいているあいだ、ホジェは呆(ほう)けたような目つきで私の顔を見おろしていた。

その夜、ホジェと私は大げんかをした。口にするまいと思っていたことばが吹き出してきて、そのためになおさらきついことばが行きかった。言いながら自分でも驚くような、言った方が傷ついてしまうようなことばだった。その日、ほとんど最後の瞬間に私はキレてバスルームで泣きじゃくり、ホジェは私がそうやっているあいだベッドのすみに腰かけ、悪いことをした子どものようにしかめっつらをしていた。

ホジェとはそれからもつきあっていたが、やがて連絡をとらないようになっていった。ある晩、映画館の前で言い合いをし、ホジェは映画のチケットと私を置いて背をむけて行ってしまい、戻ってこなかった。それで終わりだった。

私はその後も書店に勤め続け、ホジェのねこたちの世話をした。三匹の子ねこはすっかり大きくなり、あずきときなこはどこかへ行ってしまい、黒豆が残っていたが、きなこが子どもを身ごもって戻ってきた。黒豆は姉妹を憶えていたのか、きなこの匂いをかぎながら歩き回り、きなこのそばにくっついていた。きなこの子どもたちが生まれると、黒豆はその子たちともけんかせず仲よく過ごした。

花壇にはいつもねこが何匹かいた。いなくなってはまた現れ、えさを食べていく。花壇でえさを食べて成長しためすたちは、子どもができると花壇に戻ってくる。お母さんねこと、子ねこたち。彼らが代替わりしてどこかへ行ったり戻ってきたりしているあいだも、ホジェの傘はずっと植え込みの上に広げてあった。古い傘の骨の上に傘布が巻き上がった状態でだ。雨が降ると私は、ホジェが置いていった傘の上に雨のしずくがはねる音を聞きながら店の入り口に立っていたものだ。ホジェはいまどこにいるんだろう。寝相はあのままだろうか。寝相のことを気遣ってくれる恋人とつきあっているだろうか。別に悪い恋人だったわけではないけれど、ホジェはつぎの人にはもっと優しくしてやるんじゃないかと、私は思った。

晴れた日も曇った日も太陽はガラス窓のむこうにあった。陽射しは、一日のうちでいちばん強いときだけ階段の下まで届く。ガラスを境界にして外は日なた、中はどこまでも日陰だ。たくさんの蛍光灯の明かりのために書店は明るすぎるほどだったが、明るさの質が違うのだ。何といったらいいのか、青白い、目を射るような――そんな光の中から私はお日様を眺めていた。いつのことだったかはっきり憶えていない。黄色く焼けた階段をガラスごしに見ていて、あの日の光を肌に浴びられる時間は一日のうち三十分にも満たないんだと私は気づいた。お日様をいちばん楽しめるときも私はここにおり、そんなふうにして時はすっかり過ぎてしまうのだろう。恋なんか二度とできないかもしれない。そんな機会はもう、想像することもできなかった。

朝から夜まで書店で働く店員は四人で、もっと短い時間だけ働くアルバイトの子もいた。書店の主人は採用情報をインターネットのコミュニティサイトにのせた。それを見て、もっといい職場では雇ってくれないだろうとあきらめた子たちが来た。ぼんやりした目つきであたりを見回し、やれと言われたこと以外はやらず、失敗してひどく怒られても別に萎縮するようすがなく、ただじーっとこっちを見る子たち。そういう子たちは給料をもらった翌日には出勤せず、連絡もつかなくなることが多かった。チェオは私より二歳年下で、名門大学を出た公務員志望者だった。本格的に国家試験の準備を始める前に、こづかい稼ぎのために書店のバイトをすることにしたと彼は言った。書店の近くのマンションに住んでいるという彼は、最初は午前中のバイトとして働き、二か月後からは午後も働くようになった。性格は明るい方なのだが、妙に会話がこじれる子だった。チェオは人の話を注意して聞かないし、やってないことをやったと言ったり、やったことをやってないと答えることがよくあった。知らないことを知ってると言い、自分の知識が正しいと言い張り、結局は自分が知らなかったり間違っていたことがはっきりすると、それまでのこだわりが全部冗談だったみたいに、そのようですねーなどと言う。チェオには、てこの原理を利用した専用カッターでなければ切れない太い結束ロープを、薄いカッターで何百回となく切りつけてついに切断してしまうようなしつこさがあり、守るべきものも怖いものもないというように、ビニールがはがれてしまった電線に平気で触る鈍感さ、ある種の麻痺状態みたいなものがあった。私はそんなところを毎日そばで見ていて、対応にひやひやした。

ねえ。

ある日、チェオが私に近寄ってきて言った。

ここの倉庫、じつは通路になってるって知ってます?

この店では、付属の地下室を倉庫として使っていた。西側の角に内側に開く小さいドアがあり、そのドアから入ってカビの生えた階段をおりていくと広がっている空間のことだ。地下のまた地下というべきか。書店の地下だから書店と同じぐらい広い空間で、つまりこのビルと同じくらい広いことになる。高い天井には太いパイプが幾何学的な形にからみあい、壁にはペンキも塗られておらず、セメント仕上げの壁がむき出しだった。チェオによればそこは、団地のすみずみまでいきわたっている古い巨大なトンネルの一部なのだという。このビルを管理しているおじさんに聞いた話だそうだ。一方の壁が板でできているのだが、その板壁のむこうに巨大なトンネルがあるというのだ。戦争、あるいはそれに類する事態が起きた場合、団地の住民全員が退避できるように作られた大規模な地下トンネル。全部つながっているんだって。

シェルターだよシェルター、とチェオは言ってくすくす笑う。それがどうしておかしいのか、なんで笑うのか理解できないまま見ていると、チェオは、わかってよかったでしょとでもいうようにうなずいて私を見やり、自分の仕事に戻っていった。

倉庫の中では、どこから吹いてくるのかわからない風が吹いた。カビの胞子がいっぱい混じってるのが感じられる、冷え冷えとして湿った風だった。チェオの話を聞いたあとでは、その風はトンネルから吹いてくる風だと思われ、私は彼の言う内側の板壁の前に立って耳を傾けてみたりもした。風はほんとにその壁から吹いてくるようだった。拳でたたくと音が響く。壁のうしろにあるトンネルを想像するに充分なくらい大きく、うつろな音だ。トンネルのことを想像するようになってから、私は倉庫が嫌になってきた。もともと好きだったわけでもないけれど、倉庫におりていくとき、奇妙な生物の頭に突入していくみたいな気分になるのだ——長い、薄暗い、巨大な生物の口の中に。昼食の時間には一人ずつ交代で倉庫におり、どれでもいいから箱に腰かけて食事をしていたが、私はその壁に面とむかって座った。背中をむけるより、むかいあった方がましだから。そのころ私は、どこまでつながっているのかわからない、まっ暗な空間をどこまでも歩いていく悪夢を見たものだ。何か仕切りでもあればそこから出ていけるだろうが、そんなものもないという夢。長い虫の体の中みたいでもあり、青大将の体の中みたいでもあるトンネルをいつまでも歩いていく。それだけの夢だったが私には悪夢だった。

チェオは一年半働いてやめた。ある月、給料をもらうと翌日は出てこなかった。学期の始まりで午前中からすさまじく忙しい時期だったから、オーナーがいらだってチェオに電話してみろと言い、私がかけた。もしもし、と言うとチェオは答えない。来るかと聞くとチェオは、なんで僕がと訊き返す。チェオはやめるとき退職金を要求した。アルバイトに退職金も何もあるかと反論するオーナーに、それは法によって保証された権利であり、最終的に支払われない場合はこの店の違法な帳簿管理と四大保険に加入していない件で出るべきところへ出てもいいと主張したらしい。オーナーがチエオにはやられたと言い、このころから私のようすをうかがい、取引きに関することを秘密にするようになった。私にまかせていた帳簿も持っていき、自分で管理し、雇用関係のことで気分を害するたび、恩知らずということばを口にした。

それでも私は書店に残って一生けんめい働いた。ゆっくりではあったがだんだん月給も上がり、少しは私のこづかいもできた。母さんは相変わらずガン闘病中で、父さんはしょうゆで煮しめたおかずを詰めた弁当を毎日作ってくれた。私は時間になるとカビの匂いのする倉庫へおりていき、壁を見ながらそれを食べた。そんな毎日だった。

＊

私はその少女とそこで会った。

春で、学期はじめのバタバタで目も回りそうに忙しい季節だった。いっせいに押しよせるお客をある程度さばいて店を閉める直前の空白状態で、ぼんやりと立っているときだった。そのころ店ではタバコを売っていた。レジのうしろにガラスのふたと鍵がついた棚がしつらえてあり、その中にタバコが陳列されている。タバコを売るには規則があり、私はそれを守っていた。学生がよく来る店だったので、明らかに成人とわかる場合以外は身分証を提示する人にだけ売った。

その夜、なぜか少女がレジ前に立ってタバコをくれと言った。二箱。えりもとにリボンのついた制服を着て、タバコ代らしきお札を右手に握りしめている。かわいらしい子で、くってかかるような目つきで私を見ていたが、ちょっと不安そうだった。学生にはタバコは売れないと言うと、少女はお使いで来たのだと答えた。自分にお使いをさせた人たちはあそこで待っていると言って、外を指さしてみせる。振り向いてみると、電話ボックスのそばに立っている男たちが見えた。二人だった。二人のうち一人は帽子をかぶってこっちを見ていた。これでいいでしょう? 少女がぶっきらぼうに言った。あの人たちに、おりてきて自分で買うように言いなさい。私がそう言うと彼女はぐずぐずしたあげく店を出ていった。私はその子が階段を上っていき、男たちに近づいて何か話しているのを見つめていた。私が言ったことを伝えているらしく、こんどは帽子をかぶった男がゆっくりと階段をおりてきた。

　レジの前に立った彼は外にいたときより小さく濃く見えた。がっちりした体格で、暗い色のひさしのついた帽子をかぶり、煙の匂いがする。さっき女の子がタバコをくれと言ってきませんでしたか、と彼がていねいに言った。私が頼んだんですよ。外に私がいるのになぜ売ってくれなかったんです。

　目の焦点が定まっていなかった。帽子のひさしで陰になっていたが、目が充血しているように見え、白目の部分が黄色かった。タバコを買うなら身分証を見せなければならないと言うと、彼はばかにしたようにフンと笑ってポケットを探り、財布を出した。古い革の財布だった。彼はその中から身分証ぐらいのサイズのカードを取り出して片手で持ってみせたが、それを渡してはくれず、私をじろっと見て言った。タバコを何箱か買うのに、なんでこっちの個人情報までお宅に提供しなくちゃならないんです。私は成人なのに、なんでそんな必要があるんだ。個人情報を出せるほどお宅を信用してるとでも思ってんのかい、まともな商売しなさいよ。

彼は身分証を持った手をズボンのポケットに入れ、ふらふらしながら店を出ていった。別の男と少女が階段の上で彼を待っていた。彼らはまた電話ボックスのそばに立って、何か話していた。男たちがしゃべると、少女はうなずいたり首を横に振ったりする。男たちはポケットに入れていた手を出して、少女の頭を触ったり、くびれた脇腹に触ったりする。そのたびに少女は身をすくめて笑った。少女の髪の上に、乾いた雪のように花が散っていた。

どうしよう。

それはほんとうに異様な光景だった。とくにおかしなこともないようなのだが、異様だった。ただたむろして話をしているだけなのに異様なのだ。男たちと少女は何の縁もなさそうに見えた。私は彼らが前からの知り合いではないだろうと思い、嫌な気がした。指先でレジ台をたたきながら私はためらった。いまからでもドアの外に出ていって少女に訊いてみようか。あの男たちとどういう関係なのか、どこでどうやって会ったのかと。訊いてみようか、だけどそれを訊く権利が私にあるのか。こっそり警察に通報しようか。でも通報して何と言おう。女の子が男たちと話をしています——それって、通報するようなことなのか？　罪になるんだろうか？　なるとしても、通報する義務が私にあるのか。あとで嫌な目にあったらどうしよう。書店はいつもここにあり、私は毎日ここに出勤するしかないのに、報復の的になったら？

私は通報しないことにした。よくわからないことだらけだし、かかわったらめんどうなことだらけだ。前からの知り合いだと思った方が楽だ。知ったことじゃない。私は人のことにかかずらわっていられるほどひまじゃない。自分がどんな判断をしたのか考えてみる間もなく私は判断を下し、身をひるがえしてその日の売り上げをコンピュータで整理し、退勤の準備をした。一瞬顔を上げて外を見ると、彼らはもう行ってしまったあとだった。

そのことがあってから、私はいっぱい質問された。

私は一度だってあんなに重要な人物だったことはない。人々は私に何を見たかと訊いた。彼らが何を着ていてどんな外見で、どんな行動をし、どんなことば遣いだったか、どっちの方向へ行ったかを訊いた。私は答えられる質問には答え、そうでないことにはよくわからないと答えた。答えが期待されている質問ほど、よくわからないと答えるしかなかった。その男たちはどんな容貌だったか。彼らはどっちへ行ったか。警察署に呼ばれて写真もたくさん見たが、はっきりこうだと言えることなど私には何もなかった。彼らはどんな人たちだったか。いまもそれを考えると、街灯の下で帽子をかぶってこっちを見ている男の姿が思い浮かぶ。頭上に降り注ぐ街灯の明かりのためにさらに暗い影になった帽子のひさしの中から、こちらを見ている男の顔だ。私がのぞきこんだ写真のどれとも似ておらず、また、どれとも似ているように思える顔。警察署で私は脂汗を流しながら何度も写真を見直しては、一枚を少し前に押した。この男かと警官たちが訊き、私はもう一度考えてみたあと、いちばん似ているようだけど、じつはよくわからないと答えた。ほんとうに、私の知らないことは多すぎた。消えた少女の名前がチンジュだということさえ、警察で聞いて知ったのだ。

好きなポップ歌手のコンサートチケットを予約しておいて、彼女は消えた。

団地を抜けるところの花壇で、植え込みの奥の方にかばんが隠されているのが発見され、団地から遠くない工事現場で、分泌物のついた下着が発見された。女性用下着が、布のボールのようにくるくる丸めてれんがのすきまにつっこまれていた。失踪した日に最後までいっしょにいた同級生は、チンジュと別れた場所は書店から百五十メートル離れた藤棚のベンチだったと言い、周辺で聞き込みをした警官たちが私を訪ねてきた。団地の住民が団地の中で消えた事件だから、噂(うわさ)は素早く広がった。人々はことあるごとに、噂の場所を見て私に質問するためにやってきた。大声がとびかう日もあった。ここでその子がいなくなったんだぞ。

私は彼女を最後に目撃した人間だった。

非情な目撃者。

守ってやるべき少女を守らなかった大人。

私はそういうものになった。

そして、チンジュの母さんという人がいた。

彼女は毎日、書店に来た。肌の黒ずんだ、年のいった、成長期の娘よりも体の小さい人だった。手足が細く頭も小さい。一定の比率で縮小した人間、育ちきっていない人間に見えた。貧乏な夫婦の最初の子どもとして生まれたのだろうと、私は思った。母親が腹いっぱい食べられず、生まれた子もろくに食べられないまま育ったのだろう。実際にはどうだったか知らないが、そんなことを思わせる人だった。彼女は年をとってからチンジュを産んだらしかった。

チンジュの母さんは、チンジュの写真をのせたチラシを一束ずつ脇にかかえて店の周辺を回り、人々に配った。かなり遠くまで行ったあとも、ビラまきを終えるとかならず店に寄った。彼女は毎日午後にレジの前に来て、容疑者を見たかと訊いた。今日容疑者と似た人がお店に来なかったか、近所で容疑者を見たという人はいなかったかを訊き、私が何を見たかを訊いた。見たことを話してくれと何度もせがんだ。その男たちがどんな外見だったか。チンジュは彼らと何をしていたか。あの子はどう見えたか。酔ってたようではなかったか。殴られたようではなかったか。顔や腕に傷はなかったか。脅迫されているようではなかったか。怖がっているようではなかったか。あの子は泣いていなかったか。どっちの方向へ向かったか。あの子はどこへ行ったんだろう。そんなことを何度も訊いた。そのあとで彼女は私に、あなたはそのとき何をしていたのかと問いかけた。最後にはいつも、そう訊いた。

チンジュは現れず、発見もされなかった。連絡もなく跡形もなかった。

倉庫とつながった地下のトンネルが怪しいと私は思った。私が毎日ごはんを食べながら見ている、あの板壁のむこう側のことだ。どこを探しても見つからないのだから、チンジュはひょっとしてそこにいるのかもしれない。チェオが言った通り、団地のすみずみまでいきわたった巨大トンネルがあるなら、チンジュはそのどこかに隠れているか、隠されているのかもしれない。そこを探すべきではないかと私が言うと、ビルの管理人はわけがわからないという顔で私を見た。何だって？

あの壁のうしろには何もないよと、彼は言った。地下トンネルなんてものはない。

カビがあんまりひどいので、壁からちょっと離れたところに仮の板壁を作ってあるだけだというのだった。

私はめんくらいながら店に戻ってきた。ほかの日と同じようにレジの番をし、バイトの子がみんなごはんを食べて戻ってきたあと、最後に倉庫へおりていった。食卓と椅子として使っている箱の上に弁当を置いて、工具を入れてある棚を探してみた。電線、平べったくなったボンドのチューブ、ねじ、釘、ねずみとり、シンナーの缶、ドライバー、カビとり剤、棒きれとやっとこ。私が探していたのは金づちだったが、それだけがない。上に重なっているものを払いのけたり崩したりひっくり返したりして、私はとうとうまん中の棚から、からからに乾いたぞうきんに包まれた金づちを見つけた。それを握ってあの壁の前に立った。湿気に満ち、唐草模様のようなカビが広がっている壁のすみを見やった。そうしているうちにも、壁のむこうから吹いてくる風が感じられる。管理人が知らないだけだ。彼の知らないトンネルは、ある。ほら、風が吹いてくる。トンネルを通過してきた風が、こんなに。私にはそれを確かめることができた。金づちを持って何度か振れば、それは可能だった。もしかしたら卵の殻を割るくらいたやすいことだったのかもしれない。そしてまさにそのために、私にはそれができなかった。

トンネルがあるということと、ないということ。

いまも私は、あのときの自分はそのどちらをより恐れていたのかと考えてみることがある。板壁の穴のむこうにまっ暗な空洞を見ることと、傷口からしみだす漿液のようなカビにおおわれたもう一つの壁を見ることと。そのどちらにぞっとすべきなのか、私にはわからなかったし、たぶんこの先もわからないだろう。私は金づちを握ったまま壁の前に立ちつくしたあと、弁当を置いた箱のそばに戻った。金づちを床におろし、弁当をひざにのせ、ゆっくりとそれを食べた。

短い春が来て、夏が過ぎ、秋になるころだった。

チンジュの母さんはそれまでもずっと書店にやってきていた。夏以降は店におりる階段のそばに敷き物を敷いてしまい、その上にチンジュのかばんと写真を置いた。写真は三枚のときもあれば四枚のときもある。画質の悪いのを最大限実物サイズに引き伸ばした上半身の写真だ。チンジュの母さんは写真をボール紙に貼ってビニールをかぶせ、自分のうしろに二枚、前に一枚立てかけた。そうやって自分はヒキガエルのようにつっぷして、午後じゅうずっと身動きもしなかった。彼女はさらにふけこみ、近寄ると体臭がした。古くなった穀物のような体臭。

彼女を放置してきたオーナーも、お客の反応を見て焦りはじめたらしい。ある日、気の毒だけどねえと言いながら、営業妨害を理由に彼女を説得してこいと私に命じた。

私は言われるままに階段を上っていった。ねこたちのえさの容器がからっぽになっていた。花壇のすみに隠しておいた袋を開けてえさをあふれるほど入れてやり、階段を上りきった。彼女は彼女の持ち場につっぷしていた。さえぎるものがないので、この場所には午後じゅうずっと陽射しが当たる。日が沈むころになってようやく、桜の木の影がそこまで届くかどうかだ。私は彼女の茶色のうなじと狭い背中を見おろした。

どうしろっていうのよ、おばさん。

私がどんなに忙しいか知ってる？　私がここでどんなにいっぱい働いてるか知ってる？　こんなにお天気がいいのに、私は外にも出られない。一日じゅうお日様も浴びられずに地下にいるんですよ、ね？　なのにおばさんはどうしてここで、こんなことしてるんですか。縁起でもない、なんでそんなことしてるんです。何をしたかって私に訊かないで。誰も私にかまわないのに、なんで私が人のことにかまわなくちゃいけないの？　チンジュね、おばさんの娘、あの子がいったい誰だっていうの？　誰でもないのよ。私にとっては、誰でもないの。

そんなことはひとことも言えないまま私が彼女を見おろして口をつぐんでいるあいだ、セミが鳴いていた。ひぐらしのシルルルルルという声だけが聞こえた。降り注ぐ陽射しのせいで首筋が熱かった。私は彼女のそばを離れ、木の下を歩いてその場から遠ざかった。はきもののかかとを踏みつぶしていたので歩きづらく、すねが痛んだ。

私は急ぎ足で歩み去り、二度とそこに戻らなかった。

*

私の母さんは四年前に亡くなった。

腹水がたまってまともに呼吸もできず、病室で死亡した。最期のとき、医療面ではもう何もできることがないから自宅で看(み)てあげて下さいと言う病院側と、ちょっともめた。むしろ家で最期を迎えた方が彼女にはよかったのだろうかと思うことがある。

父さんはそのとき住んでいた家にいまもいる。もともと一人暮らし用のスペースだったのだから、はじめて適正化されたのだと私は思う。病気になったら自分で命を絶つと父さんは言う。彼がそんなことを言うとき私は黙って聞いているが、ほんとにそうするだろうとは思っていない。

私は三年前にあの家を出た。荷造りするとき、父さんの本を何冊かかばんに入れた。最近、その中の一冊を読んだ。悲惨な貧しさに関する文章だった。私が知っている貧しさよりもっとひどい貧困。私は最近よく、自然死と病死と事故死について漠然と考えてみるのだが、そのエッセイで読んだ、貧しいうえに世話をしてくれる身寄りのいない老人の病死ほど悲惨なことがあるだろうかと思う。ジョージ・オーウェルはそれについて、人類がいままでに発明したいかなる武器も、そのような自然死ほど強力な悲惨さをもたらしはしないと述べていた。だからオーウェルは老いて死ぬのではなく、道を歩いていて偶然、突然、死にたいと書いていた。私はその文の横に「そうだ」と書いたあと、鉛筆の先で紙をぐいぐいと押し、それからこう書き足した。「誰もそばにいない者、貧しい者は子どもなど作らない方がいい。誰もおらず、貧しいまま、死ね」と。私はそのまま本を閉じ、その文章は私が書いたところに残り続けるだろう。十年後も、ひょっとしたら百年後にも。

私がいま住んでいる町にはアカシアが多い。アカシアの木が裏山にも道にもたくさんあり、初夏にはその匂いで空気が浄化されたような気がする。とくに夜になると、遠く離れたバス停からもその匂いをかぐことができる。それをかぎながらゆっくりと路地を歩いて帰ってくるとき、ずっと前のできごとを思い出す。ホジェを思い出す日もある。どんなふうに暮らしているだろうか。いい仕事は見つかっただろうか。無事に恋人ができ、子どももできただろうか。あずき、きなこ、黒豆。ホジェのねこたちはみんな死んだだろう。あの子たちの子孫はどうなっただろう。お母さんねこは子ねこを産んだろうか。その子たちも子ねこを産んだろうか。

私は相変わらずだ。いまも職場に通い、人々のあいだで、さほど記憶に残らない程度の恥を体験している。耐えられないと感じたときはそこを立ち去って戻らないが、そんなことはもちろんしょっちゅうあるわけではない。つぎに違う町に引越したら、その町にもアカシアがたくさんあるといいと思う。でも、アカシアが一本もない町に住むことになっても別に辛いとは思わず、順応していくだろう。

私は、相変わらずだ。

そしてたまに、とてもたまに、夜があまりに静かすぎるようなとき、チンジュに関する記事を検索してみたりする。どこかでチンジュが見つかったという情報がないかと、遺骨でも発見されたという情報がないかと、夜通し、当時耳にしたあらゆるキーワードを動員して探して回る。

私はどこでも、こんな話をしたことはない。

上流には猛禽類

　私はずっと前にチェヒと別れた。別れるころにどんな話をしたか、何も憶えていない。ほとんど話をしなかったからかもしれない。そのころにはチェヒの家に行くことがあっても中には入らず、家の前で別れていた。

　チェヒの名前はチェヒ。재희ではなく제희だ。名前を名乗る機会があるたび、チェヒは自分の名前の母音を書いてみせた。ㅐじゃなくてㅔだよと。チェヒにはお姉さんが四人いた。末っ子がチェヒだったが、どうしても息子が欲しくてそうなったわけではないらしい。お母さんが商売のためにとても忙しくて、子どもを堕ろしにいく時間がなかったからだと聞いた。成長する過程で、男だからといってチェヒが特別扱いを受けたこともないし得をしたこともなかった。少なくとも私が聞いたところでは、おいしいものもげんこつもお姉さんたちと平等に分け合ってきた。

　チェヒはお姉さんたちに似ていた。写真を見るとわかる。みんなちょっとずつ違う顔をしているが、写真で見ると共通の輪郭がわかるのだ。それはもしかしたら、物理的な形というより雰囲気みたいなものかもしれなかった。チェヒは女性に親切だった。親切にしよう、しようと心がけてそうなるのではなく、女性の生態をよく理解しているからのように見えた。お姉さんたちの成長を見ながら間接的に体験した女性性が内面化されているというか。チェヒといっしょにいると、彼氏というより姉妹か、仲のいいきょうだいみたいな感じがすることが多かったが、私はそんな親密さを感じるのがちょっと楽しかった。

その年、チェヒのお父さんは片方の肺を除去する手術を受けた。若いときにちゃんと治療しなかった結核のため肺がすでに損傷しており、そこにガン細胞が広がったというのだ。お父さんは風邪で病院に行って偶然にその事実を知った。ガンが見つかったあとはチェヒがお父さんにつきそって病院に行き、やがて、手術を試みることもできるが、望みはあまりないという最終診断を受けた。その知らせを聞いた夜、お姉さんたちが家の茶の間に集まった。お母さんとチェヒを含めて六人が手をつないで丸くなって座り、がんばってこの苦難を切り抜けていこうと、自分に、そしておたがいに誓い合った。それは明らかに祈禱(きとう)だったけれど、よくある神頼みではなく、家族間の誓いであり激励だった。チェヒにもお姉さんたちにも、神はいなかった。

私はちょっと離れたところに座って彼らを見ていた。チェヒが自分で改造して壁かけ式にした扇風機の下に、いろんな大きさの額がかかっていた。古い写真と額縁。美しい女性。いちばん古い写真はチェヒのお母さんだった。白黒写真で、結婚する直前の十代後半のときに撮ったのだろう。ヘップバーンスタイルに髪を巻き、ノースリーブのワンピースを着た彼女はとても洗練されて美しく見えた。目に生気があふれ、表情も豊かだ。そして彼女の子どもたちの小さいころの写真があった。コスモスやさるすべりのそばで、オーバーオールを着て撮った写真。昔ふうの家の庭で裸ん坊で水浴びをしているやせた子どもたち。写真の中の子どもたちが全員この茶の間に集まっていた。ともに逆境に打ち勝って生き延びてきた人たちだ。自分の写真もいつかこの壁にかけられるだろうと私は思った。そうなったらいつの日か、もっと年をとった私の写真がその下に収まる日も来るだろう。私はそのことを疑わなかった。チェヒと私は長くつきあい、おたがいの家をよく知っていた。たぶんつぎの苦難が近づいたときには、私も彼らと手をつないでこの茶の間に座るだろう。チェヒのお母さんの植木鉢にとりかこまれて、力を合わせてこの苦難に打ち勝とうと心から誓うだろう。そうなるのは当然だし、自然なことだった。

チェヒのお父さんは夏が終わるころに手術を受けた。六時間かかる手術で、予想より長かった。手術を終えて出てきた医師は疲れたようすとは裏腹にさわやかな語調で経過を説明した。開胸してみたら胸はたいへん汚れており、膿(うみ)と異物をきれいに除去するのにそれだけの時間がかかったということだった。格別にたいへんな手術だった、もう一度こんな手術をやれといわれたら遠慮するだろうと言って彼は笑い、ともあれ手術は成功だったと言った。

チェヒの両親は市場で商売をしていたと聞いた。古くからの市場で果物を商っており、かなり規模の大きな店で、商売もうまくいき、市場の商人たちの中でもいい暮らしをしていたという。チェヒの両親はまわりの商人たちと頼母子講(たのもしこう)をやってかなりの現金を動かしていたのだが、ある年、チェヒのお母さんの紹介で頼母子講に入ってきた女性が掛け金を持ち逃げしたのだそうだ。チェヒのお母さんとは姉妹のようにつきあっていたというが、事件が起きてみると、市場でも信用の高かったチェヒ一家の名義で相当な額の借金までしていたらしい。全部合わせると大金になった。ほんとうに大金だったのだ。逃げると腹を決めて逃げた人だから、追いかけることも探し出すこともできなかったよと、お母さんは言った。その後のことはお姉さんたちがよく憶えていた。前日まで兄弟のようにつきあってきた商人たちが店に押しかけてきて果物箱をひっくり返したり、果物を踏みにじったりして、当時高校生だった長女のところまでやってきては、学校をやめてでも何をしてでも金を返せと要求したらしい。チェヒが一歳のころだ。チェヒ一家はこのときに大きく傾き、その後二度と、以前のレベルには戻れなかった。

私たちには相談相手もいなかったのよと、チェヒのお母さんは言った。二人とも失郷民（シリヤンミン）*1だったから。こんなことになってしまったって訴えたら聞いてくれるような縁故がなかった。その状態で、小さい子が五人でしょ。私たちには二つしか道がなかったんだよ。いっしょに生きるか、いっしょに死ぬか。

はじめ両親が考えたのは、後者の方だった。だけど、子ども五人と自分たちが「確実に」死ねる方法はそうそう思いつかず、それなら生きる方というので方向転換したのだと、お母さんは言った。お父さんは、状況が少しよくなるまで子どもたちを施設に入れたらどうかと提案したが、それには彼女が反対した。そこから養子に出されてしまったらどうするの？

生死もわからないまま、会えずじまいになってしまったら？

あんな思いをまたすることになるのよ？

眠っている子どもたちのそばでチェヒの両親は考え直し、こんどはお母さんが、借金を踏み倒して遠くに逃げようと提案した。これにはお父さんが反対した。彼は、自分の過失でもないのに犯罪者みたいに逃げることはできない、逃げて、子どもたちにとって恥ずかしい父母にはなりたくないと言った。お母さんはそのことばに共感した。そこまで話してくれたお母さんは、私に問いかけるように言った。それで、どうなったと思う。

　彼らは子どもたちを育てながら借金を返していくことに決めた。果物屋と家を処分し、一部屋しかない貸し間を借りて住み、そこから再スタートしたのだ。以前と同じにはなれなくても、少しずつ状況は改善されていったとチェヒのお母さんは言う。娘たちもほとんどお嫁に行った。婿たちもいい人たちだ。彼女には、苦難の中でも子ども五人のうち一人も手放さず、ともかくも手元に置いてがんばって育て上げたこと、あきらめずに家族を家族として維持したことへの自負があった。お母さんにとって、この世でいちばん悪い女は子どもを捨てた女だった。

　その選択は正しかったのかなあと、私は思った。

　チェヒの両親とは仲よくつきあい、尊敬もしていたが、この選択についてはそう思わずにいられなかった。二人は借金を全部返す前に年老いてしまい、チェヒのお姉さんたちとチェヒがそれを引き継ぐしかなかったのだから。長女であるいちばん上のお姉さんは進学をあきらめ、地下鉄の駅で横流しの衣料品を売った。彼女は収入の一部を借金返済にあて、さらに一部を利子にあて、残った一部を生活費の足しにした。彼

＊1　【失郷民】　解放後の南北対立と朝鮮戦争によって北から南へ避難し、故郷を失った人。

女が結婚したあとは二番めの、三番めの、四番めのお姉さん、そしてチェヒの順だった。お姉さんたちの中で大学に行った人は一人もおらず、結婚したお姉さんをはじめ、誰の暮らしむきもはかばかしくはなかった。

私はこのことについてじっくり考えてみては、そのたびにちょっとけわしい気持ちになった。チェヒの両親はなぜ逃げなかったのだろう。なぜ新しい場所で新生活を始めなかったのか。恥ずかしくない両親でありたいという願いは、自分たちのエゴにすぎないと考えてみることはなかったのだろうか。借金をかかえこむのは娘たちに荷を負わせることだとは思わなかったのか。自分の良心と道徳に従ったわけだが、娘たちの人生を考えたら望ましい選択といえたのだろうか。

私がとりとめもなくそんなことを言うと、チェヒはしかたないよと言いたげに笑った。まあ、そういう人たちなんだよ。それにあのとき逃げ出していたら、僕たちも出会えなかっただろ? チェヒはそう言い、私もその通りだと思った。チェヒの両親が逃亡を決心していたら、私たちは同じ地域で暮らすことはなかっただろうし、高校の同級生になることもなく、接点がなかったかもしれない。そう思ってしかたなく納得はしたものの、そのことを考えるとため息が出た。

チェヒのお父さんが退院した日、チェヒとお姉さんたちはまたあの家に集まった。

チェヒとお姉さんたちはお金を出し合って、患者が横になったり起き上がったりしやすい電動ベッドを買い、部屋に入れた。お父さんがそこに座ると、お姉さんたちが一回ずつお父さんの頭を抱きしめた。お父ちゃん、ギューしてあげましょう。お父さんの小さい頭が、いまや自分より立派に育った娘たちの胸に埋もれる光景を私は見守った。私は一度も、自分の両親をこんなふうに抱擁したことはない。父と母が抱き合うところも見たことがなかった。小さいときから彼らと私の関係はよくなくて、夫婦仲もそうだった。私がチェヒの家に何度か出入りするうちにいちばんあこがれ、うらやみ、ある夜など涙が出るほど嫉妬したのが、まさにそんな光景だった。そしてそれは、もしかしたら私にも分けてもらえるかもしれない何かだったのだ。

チェヒのお父さんはその後も家で闘病生活を送った。放射線治療を受けなくてもすんだことは幸いだったが、手術した部位にはしょっちゅう問題が起きた。肺を取り出した部分は文字通りがらんどうで、時間がたてば徐々に、身体を構成するほかの物質で埋められていくのだが、そのあいだに炎症が起きて膿がたまったりしないよう管理しなくてはならない。そのために脇腹に穴をあけて排水路の役割をもたせることとし、短い管をはめこんだが、新しくできてくる肉のために穴はしょっちゅうふさがる。完全に詰まってしまったら命にかかわる。

担当医は、再生力が強いからこうなるので、いい兆候ですよと言ったらしいが、炎症が起きることもたびたびだった。お父さんの脇腹はお天気、湿度、気分に敏感に反応し、二か月に一度は再入院しなくてはならなかった。体がむくんだり熱が出たりするたびに内部の状態をチェックするために病院に行き、そのつど入院しては、手術と変わらないプロセスを踏んで検査をした。傷が癒えたと思ったら切り、癒えたと思ったらまた切るのくり返しだ。そうやっているうちにチェヒのお父さんはすっかりやせ衰え、それよりも、肩の痛みと関節炎に耐えて一日じゅうお父さんの世話をするお母さんの疲労の方がもっと深刻だった。疲れて憂鬱になっていることが目に見え、耳に聞こえる。そのころチェヒのお母さんがお父さんに対して浴びせることばの多くは、そばで聞いていても萎縮してしまうほどきつかった。

チェヒがハイキングに行こうと言い出したのは、夏が終わりかけているころだった。森林公園に行こうと、チェヒは言った。

両親とテレビを見ていたら森林公園が出てきて、あんなすてきなところで散策してみたいとお父さんが言うと、近ごろでは珍しいことにお母さんが同意したのだそうだ。二人がいままでいっしょに旅行したことがないと知ったのもはじめてなら、お父さんがどこかに行きたいと言ったのもはじめてだとチェヒは言う。チェヒは森林公園を何か所か調べてみて、首都圏からそれほど遠くない、原生林がよく保存されている大きな森林公園を選んだ。山林保護のため、入場者は限定的にしか受け入れていないので、事前に予約しなくてはならない。そこに親を連れて行きたい、いっしょに行くかいとチェヒが私に訊き、私は行くと答えた。私は森林公園に行ったことがなかった。

＊

九月の初旬だった。

その年の夏は例年より蒸し暑かった。九月になっても暑さが収まらず、じっとしていても汗が流れた。チェヒのお母さんはこのお出かけのために化繊の洋服を一枚買い、お弁当も準備した。エンジンをかけて待っていると、何が入っているのだかわからない荷物を六個も持っておりてくる。それらをのせて運ぶカートを最後に積みこみ、森林公園目指して出発した。森林公園までは、渋滞していなくとも二時間かかる距離だった。

高速に入ってスピードを上げたとき、お父さんが身分証を持ってこなかったと言いだした。最後にテーブルのどこかに置いておいたのだが、持ってきた憶えがないという。予約した人だけ予約した名前で入場できる施設なので、入り口で身分証を確認するかもしれない。とりに戻っている時間はなかった。お母さんがすぐに、お父さんは頭がどうかしてるとあげつらい、お父さんは反省してみせるでもなく怒りだし、身分証を忘れてのうのうとここまで来てしまった誰かを非難するみたいに舌打ちした。ハンドルを握っていたチェヒが、大丈夫だよ、まさか現地まで来た人を帰すようなことはしないだろうからと何度もなだめて、ようやく収まった。チェヒはラジオを懐メロのチャンネルに合わせていた。季節はずれの猛暑注意報が出ていた。エアコンの冷風が出ているのに、ダッシュボードが直射日光で熱々だ。音がうるさいからとエアコンの風を弱めるとすぐに息が詰まりそうになるほどだった。

チェヒと私は両親のごきげんに神経をとがらせていた。とくにお母さんは神経が昂っており、気分がよくなったり悪くなったりをくり返していた。何でもないことや何でもないことばが揚げ足取りの種になる。お父さんが、音が気になるからちょっとエアコン止めないかと言うと、こんなに暑いのに、あんた以外の人はどうすりゃいいのとおっかぶせるように言う。お父さんがそうかと言って笑うと、笑うようなことなの、なんでおかしくもないことで笑うのと真顔で聞く。チェヒが上手に話題を変えたりして二人をなだめているあいだ、私は助手席の隅を手でつかんでいた。かたくなな、熱いものをひざの上にのせているような気分だった。大波に何度も乗せられ、乗り越え、おちついたと思うとまた持ち上げられるようなことをくり返し、はらはらしながら進んでいった。

チェヒは車を日陰に停めようとして駐車場を二回まわったが、適当な場所を見つけられなかった。いいなと思う木陰にはもう、先に着いた車が停まっている。雲一つない空の下、駐車場のまん中に車を停めて荷物をおろすあいだ、太陽は私たちの脳天の真上にあった。正午だった。お父さんが後部座席からきれいなパナマ帽を取り出してかぶった。お母さんは木陰の方を見ながら立っていたが、カールした髪が額をおおっているため目の下に暗い影ができていた。

チェヒはトランクを開けたまま、カートに荷物を積んでいた。お弁当の重箱、すいかが半分入っているというアイスボックス、敷きもの二枚と各種ピクニック用品を入れた紙袋、おやつを入れたリュック。六個の荷物は体積も形もばらばらで、カートに積みにくい。重箱は丸く、アイスボックスは下に行くほど狭くなる形、水筒は細長く、敷きものはもっと細長いのでどう積んでもバランスをとりづらい。とくにピクニック用品を入れた紙袋は、下に置くとつぶれてバランスが崩れるし、上にのせると荷物を固定するゴムバンドのすきまから抜け出して下に落ちてしまう。そんなことをくり返しているうちに、紙袋はもうしわくちゃになってしまった。私はくたびれてうしろに下がった。

チェヒはあれを引きずって森に入っていくつもりなんだろうか。カートを引くのに適した道ばかりとは限らないだろうに、どうするんだろうと思う。散策しに来たのに、あれのせいで散策がしにくくなってしまう。一個か二個置いていってもいいんじゃないかと思ったが、お母さんは全部必要だと言い、全部持って入場することにこだわった。チェヒは熱いセメントの上にひざをついたままで荷物を積んでは崩し、また積み直しながら汗を垂らしている。お父さんが扇子を使いながら、ゴムバンドが短すぎるんじゃないかと言った。チェヒはでこぼこに積まれた荷物の上にゴムバンドをかけようとしてひっぱり、フックで足首をけがした。太いゴムバンドの先にワシのかぎづめみたいな金属のフックがついているのだが、それがどこかに間違って引っかかったのがパチンとはずれ、チェヒの左の、それも内側のくるぶしに当たったのだ。小石が割れたぐらいの音がした。チェヒは足首を押さえたまましばらく動けなかった。くるぶしを押さえた手の甲に血管が浮き出ている。大丈夫かと聞くと大丈夫だと答え、一、二回足をトントンしてみてからまっすぐに立った。お母さんはぼんやりした目でチェヒを見つめていた。

森は予想より静かですいていた。

駐車場に車を停めて森に入っていった人たちはどこにいるのだか、さっぱり人影が見えない。日陰を探してどこかに入っていったのだろうと私は思った。入り口で、身分証のことでもめたときに私たちのうしろに立って順番を待っていた若いカップルが、腕を組んだまま前を歩いていく。彼らがシダ植物園の方へと角を曲がって姿を消すと、ヒノキの街路樹が立ち並ぶ広い道にいるのはチェヒ一家と私だけだった。

　チェヒが私の首にカメラをかけてくれて、写真を撮るようにと言った。お母さんとお父さんが並んで歩いているとき、自然にね、と言うのだがそれが簡単ではない。扇子を使いながら歩くお父さんと、大きな木を見ながら歩いていくお母さん、彼らのうしろからカートを引いてゆっくり歩いてくるチェヒまで一度に収めようとすると誰かはアングルの外に出てしまうし、お父さんとお母さんはかなり離れて歩いているので、この二人がいっしょに収まっている瞬間も多くない。私は何回か試してみたあと、ムクゲや松の木、カエデにカメラを向けて撮った。チェヒはちょっと足を引きずって歩いていた。彼のうしろから、奇妙な形に荷物を積んだカートがけなげにバランスをとりながらついてくる。チェヒが急に立ち止まって空を見上げ、ほら、と言うが何を見ろと言っているのかわからない。私には何も見えなかった。これだよとチェヒは人差し指で空中を指さし、見えないものを見ろと促した。

　クモだった。

　クモが一匹、糸の先で風に乗っていた。雲のどこかからおりてきたみたいに見える。脚が透明で背中にきれいな空色の模様のあるクモだ。チェヒのお母さんが近づいてきてそれを見て、避難する途中の森でこんなクモをときどき見たわと言った。彼女はクモを上手に手のひらにのせ、手の甲を這(は)い回れるようにしてやった。クモを見つめる顔にはいたずらっぽさがにじんでいる。彼女はときどきそんな顔をすることがあり、そんなとき私は、彼女の幼いころについて考えた。一九三九年生まれの老婦人の幼年時代。そんなことを考えているとふしぎな、茫漠(ぼうばく)とした気持ちになる。彼女は小さいときに戦争を体験した。住んでいた家から荷物をまとめてどこへとも知れず避難し、その途上で家族を永遠に失うという体験、爆弾が破裂して両親や兄弟の体がすぐ隣で粉々になるという体験だ。彼女は私に戦争中の話を聞かせてくれたことがある。避難するとき生まれたばかりの末っ子をおんぶしていたのだが、ある瞬間に両親とはぐれてしまい、その後二度と会えなかった。赤ん坊の末っ子も避難の途中で死んだ。布団でくるんでおんぶしていたが、空襲のあと、残り火がくすぶっている野原を歩いているとき火の粉がついたのか、綿の中に入った火で焼け死んだというのだった。赤ちゃんが泣いてもどうしてやることもできず、そのままおんぶし続け、急に背中が熱くなったのでおろして布団を開けてみると、まっ黒に焼けて死んでいたと彼女は言った。私が聞いたときからさかのぼれば五十年以上前の話だ。いっしょに聞いていたチェヒが、悲しかったろうねと言うと、悲しいでも忘れたでもなく、あのときはそんな人がいっぱいいいたさと彼女は言った。

その話を聞いて以来、彼女の幼いころを考えると、何もかも焼けて白い灰におおわれた野原に立っている女の子が思い浮かぶ。その子はなぜか六十代はじめの彼女の顔をしていることが多かった。私が知っている顔、老婦人の顔だ。戦争孤児だった彼女は髪をヘップバーンスタイルに巻いた美しい女の人になり、そしていまは五十肩の痛みに苦しみ、関節炎で足を引きずっている老婦人だ。その合間合間には、私の知らない、チェヒも知らない、もしかしたら彼女自身さえよくわかっていないできごとが起きただろう。それは私には想像もつかないことだ。廃墟の中の女の子、流行のスタイルをすてきに着こなした美しい女の人、関節が腫れているせいでほとんどいつもぶすっとした顔のチェヒのお母さん。みんな違う人みたいだ。六十年だもの。百年の半分以上の時間。クモが彼女の腕を這い上がっていた。路上に出ている者は根こそぎおだぶつにしてやるぞとでもいうように、陽射しがさらにじりじりと照りつけていた。私は汗ばんだ手でカメラを握り、クモを見つめている彼女を撮った。クモはつぎの風に乗ってどこかへ飛んでいった。

おい。

チェヒのお父さんが前方で自分の脇腹を見おろして立っていると思ったら、そう言った。

漏れてきてるみたいだ、ちょっと見てくれ。

チェヒのお父さん。

お姉さんたちのことばを借りれば、彼は校長先生にもなれそうな人で、少なくとも独学者とか、先生と呼ばれる人にはなれたはずの人だった。彼はまじめで、与えられた仕事を求められた以上にきちんとやり、一か所に踏ん張ってがんばってなしとげるべき仕事をよくこなした。長年にわたる保守政党の支持者であり、政治について語る機会があると若干そわそわしたようすで、保守政党寄りの新聞が用いる語彙を使って話し、日記をつけ、新聞をスクラップし、資源ごみを器用な手つきで分別し、夜は枕元に古いトランジスタラジオを置いて寝た。トランジスタラジオはずっと前、借金返済の一部にあてるために日本に不法滞在して働いていたとき使っていたものだ。彼は寝るときそれを枕元に置いていたが、横になってもすぐには眠らず目を開けたままで、そんなとき彼が何を考えているのか誰も尋ねたことはなく、彼が自分から話したこともないので、結局誰も知らないのだった。

いつだったか私は一度チェヒに、お父さんの日本での生活について訊いてみたことがある。チェヒはちょっと考えたあとで、自分は何も知らないと答えた。お父さんに訊いてみたことがないのかと尋ねると、ないと言う。知りたくなかったのと訊くとチェヒは、気になったことはあったけどと答えつつ、ほんとに変だけどねという表情で首をかしげた。

チェヒのお父さんは一年ほど日本にいて、そこで貯めた円をあちこちに隠して帰国した。空港の到着ゲートに入ってきたお父さんを見たとき、彼が一年でとてもふけこみ、やせて衰弱してしまったことにお母さんが大きなショックを受けたとチェヒは言った。とくに髪の毛がほとんどなくなったので、しばらくお母さんが鶏の脚を釜ゆでにして食べさせるなどの努力をして、かなり元通りになったのだとチェヒはつけ加えた。チェヒはそのとき小さかったが、お母さんが鶏の脚を買いに行くときよく連れていってくれたという。昔の知り合いの商人たちと会うのが嫌なので、わざわざバスに乗って遠い市場まで行き、鶏の脚を袋ごと買い、またバスに乗って帰ってきたことを思い出すとチェヒは言った。お父さんはそれを煮出したスープを飲んで徐々に回復していったが、頭のてっぺんにはそのときの痕跡がまだ色濃く残っていた。

彼は小柄で優しい老人だった。片方の肺を失ったあとはベッドで身動きもせずに寝ていることが多かったが、相変わらず器用な手つきで再生ごみを分け、新聞をスクラップし、孫たちともよく遊んでやっていた。最近は耳が遠くなったのか、何か尋ねるととんでもないことを言うと、お母さんがこぼした。

お父さんにそんなこと言わないでよ。

チェヒが優しく言った。

体の具合が悪い人に、そんなことばっかり言ったらかわいそうでしょ。

チェヒのお母さんとチェヒ、そして私はベンチに座っていた。うしろには巨大ないちょうの木がそびえており、その影のおかげであたりは何度分か涼しかった。汗に濡れたガーゼをとりかえ、消毒もするためにお父さんについて男性用トイレまで行ってきたお母さんは、熱で顔をほてらせていた。赤い、しわのある首に汗が流れている。お父さんはトイレから出てきて、岩のすきまに設置された水飲み台を見つけ、水を飲んでいた。彼は蛇口に口をつけてひとしきり水を飲んだあと、ハンカチを水で濡らして赤くほてった首と腕を拭いた。それをぼんやりと見ていたお母さんが言った。だって、自分でも気づかないうちに言っちゃってるんだからしょうがない。

全部あの人が自分で招いたことだと彼女は言った。

私は頼るあてもないし、一人じゃとても生きてけないから、若いうちに似たような境遇の人とお見合いしたんだ。誠実な人柄だったから、それだけでいいと思ったんだ。今日まで無我夢中で生きてきたけど、私はあの人から何ももらったことないよ。誕生日だってパン一個、バラ一りんもないし、優しいことばのひとこともかけてもらったことがない。みんなそんなもんだろうと思って生きてきたけど、この年になってみて、そんなことないってわかったのよ。私は愛されずに生きてきた。そんなの私だけで、みんなはそんなことないんだよ。いまになってそれがわかって、頭に来るよ。あの顔見るたび、ものすごく頭に来る。

チェヒのお父さんが濡らしたハンカチを手首に結んで、何も考えてないように道を上り始めた。あれ見てごらん、とお母さんが無表情に言った。

一人で行っちゃうよ。見てごらん。

チェヒのお母さんは、西の方にあるという珍しい植物を集めた植物園に行きたいが、それより先にごはんを食べる場所を見つけようと言った。もう飯を食うのかとお父さんが訊き、ごはんも食べずにどうやってここのものを全部見て回れるのとお母さんがたたみかける。私はチェヒの隣を歩きながら、お弁当を広げるような場所があるのだろうかと見回してみた。道はアスファルトで舗装されているか、砂利が敷いてあり、広すぎるか曲がっているか狭いかなのだ。道の両側は立ち入り禁止の花壇と野外植物園で、敷きものを広げられるような空間はない。シダ類とシャクヤクが植えられたところを過ぎると熱帯植物研究センターがあり、その近くには入場者が少しいた。お母さんはドームのようになったその建物に入ってみたがったけれど、入場時間外だった。透明な温室の壁のむこうに葉っぱの大きい熱帯植物が見える。温室から出てくる水路はきんちゃく形の池につながっていた。葦（あし）とパピルスのあいだにハスの実が見えており、茶色のトンボが水と雲のあいだを飛び回っていた。水はぬるそうに見えた。

座れそうな場所がないので移動を続けた。陰になっていないところは放射熱がひどくて、歩いているだけで息がつまる。平らでない道や坂ではカートがしょっちゅう一方に傾き、そのたびに荷物が落ちたり崩れたりした。チェヒはちょっと前よりも汗だくで、足もかなり引きずっている。大丈夫だと言うが、大丈夫そうには見えない。内側のくるぶしに、とても小さいがとても濃い暗赤色のあざができている。動物の足の爪に引っかかれたか犬歯で嚙まれたように見え、そっちの足ではまともに地面も踏めない。骨がどうかしたんじゃないかと訊いても首を横に振り、私がカートを引いてあげると言ってもやらせてくれず、そのうち返事もせずに汗を垂らして黙々と歩くだけになった。

れんがが敷かれた分かれ道で、チェヒの両親は右側の坂に上ってみようと言った。そのころから急に増えてきた入場者たちが右の道を選んでいるのだ。きれいな土でおおわれた急な坂が、頂点で右に曲がっている。傾斜がかなり急だった。坂を上りきったところに何かあるのかもしれないが、それはもちろん見えない。けれどもほかの人たちはみんなそっちにむかっており、車が通った跡もある。何があるのかはおいといて、私たちもそっちに行ってみようとお母さんが言った。カートにのせた荷物はしょっちゅう下の方に崩れ、チェヒがひざをついて荷物を積み直してはゴムバンドをぴんと張る。上りおりする人々は、チェヒと私を丸く迂回して歩いていった。チェヒの両親は、遅れている私たちにかまわず先へと歩いていった。

小さな月桂樹の木があった。右側は削られた山肌で、左側はあまり深くない、水が流れている渓谷だ。上るほど谷との落差が大きくなる。渓谷には、自然に転がっていって砕けたような岩がたくさんあり、木の幹のかなり高いところまで土がこびりついていた。雨が降ると川がけっこう氾濫(はんらん)するのだろう。

お母さんが急に立ち止まり、渓谷におりたいと言い、お父さんが同意した。あそこに水があるから、そのそばでごはんを食べようというのだった。

お母さんがそう言うが早いか、お父さんが月桂樹のあいだを大股でおりていった。最初の一歩を踏み出したところにはちょっと落差があった。彼は老婦人が楽におりられるように、あたりを行ったり来たりして、石をどかしたり、太い木の枝を集めて折り、足の踏み場を作りはじめた。

私はうろたえた。

ここは……だめなんじゃないですか？　こんなことしたらいけないんじゃないですか？　と一人言のように尋ねながら、私はいたたまれずに立ちつくした。あそこに座ればいいと言うけど、私には座れるような場所に見えない。泥まみれになって並んでいる樹木たちは陰惨に見え、そこには日光も入らない。石の上には、水に押し流されて積もったまま腐りかけた葉っぱが貼りついていた。

私はそこにおりていくのが嫌だった。こういう公共の場でそんなことをしたらいけないという検閲っぽい意識が働いたからでもあるが、何よりも、直観的にその場所が嫌だった。私はそこで絶対、何かが悲惨に死んだことがあるはずだと思った。そうでないはずはなかった、森林公園というけど、もともとは森なのだから。涙が出るほどそこに行きたくなくて、ほかの場所を探しましょうよと私は止めた。チェヒがちょっと口添えしてくれたらと思って振り向いたが、チェヒはカートにもたれてあきらめたように渓谷を見おろしていた。

渓谷の底は湿って、腐った植物の匂いで空気が濃密だった。

チェヒがじゅくじゅく濡れた石の上に二枚の敷きものを広げると、お母さんがお弁当を広げた。

おりてみるとそこは渓谷ではなく、用水路だった。コンクリートで斜面がおおわれており、何か所かに、人の頭ぐらいの排水孔も見えた。川床に敷かれた石には黄色い縞模様が描いてあり、その上に冷たい水が流れている。チェヒのお父さんは岩にちょこんと座り、その水で手を洗い、顔を洗い、首を拭き、靴下を脱いで足も洗った。飲める水だと言って口もゆすいだ。チェヒのお母さんは水筒二本を水に浸けた。入場者たちは私たちを見おろしながら坂道を上っていた。八歳ぐらいの男の子が一人、チェヒのお父さんが作った踏み石を伝って坂をおりようとしたが、お母さんらしき女性に叱られて戻っていった。

チェヒの両親は、私がへそを曲げているると思ったのか、なだめようとしてしきりと食べものを勧めてくれた。私は坂を背にして座り、それを少しずつ食べた。ぎょうざのようにあんを入れたおにぎり、野菜海苔(のり)巻き、卵サンドイッチとソーセージ、エビフライ、チーズ、トマト、きちんと切ったオレンジ、すいか、きれいに洗ったぶどう。朝早く起きて一生けんめいこしらえたお弁当だということがわかったが、少しも味がしない。のどが詰まって食べものがうまく飲みこめない。こういうところへ来たらこんな水ぎわでごはんを食べるものだよと、元気いっぱいの表情で食べものを渡し、ことばをかけてくれていたチェヒの両親も、だんだん口数が減っていった。チェヒはほとんど食べなかった。顔がまっ青で、お母さんがおにぎりを差し出して早くお食べと言うのに、何ともいいようのない表情で両親を見つめており、そんな彼の表情を見ていると私は心が痛んだ。それは何て変な光景だったことか。妙な場所に陣取ってごはんを食べている老夫婦と、そのかたわらで憂鬱そうに彼らを見守っている若い男、そして彼らから離れて座っている女。

坂の下の方から原付の音が聞こえてきた。ヘルメットをかぶった男が現れて、月桂樹のあいだに原付を停め、私たちをじいっと見おろした。この区域の管理人らしい。入場者の誰かが通報したのかもしれない。彼はチェヒのお父さんに、おじさん、と声をかけた。ここは国立公園ですから、そんなことしちゃいけませんよと彼は言った。

チェヒのお父さんはわかった、これだけ食べたら上がりますと、その人にむかって人なつっこいようすで笑ってみせた。管理人は何も答えず無表情なままこちらをじっと見ていたが、坂をすっかり上っていった。

デザートは誰も食べようとしなかった。すいか半分は手つかずでアイスボックスに戻され、半分以上残ったお弁当の重箱もそそくさと重ねられた。生臭い水の匂いがする敷きものの裏には、濡れた砂がくっついていた。私はチェヒがそれをたたんでカートにのせるのを手伝った。チェヒのお母さんは、おりてきた場所から木の段々を踏んで坂を上っていくとき足を踏みはずした。坂道を上りおりしながら私たちを見ていた人たちが驚いて声を上げた。チェヒが彼女のうしろで上手に支えてあげなかったら、鋭い石が突き出た渓谷の方へ転がり落ちたかもしれない。先に坂を上りきっていたお父さんが大声で笑い、彼女の右腕をつかんでひっぱり上げた。お母さんは短い悲鳴を上げたあと、痛い腕をそんなにぎゅっとひっぱったらだめじゃないのと言う。そう言いながら彼女は笑っていた。お父さんも笑った。それは、自分たちがよい人間であり、誰にも悪意を持っていないことを示そうとする笑いだったと思う。あの坂で、その笑いがだんだん消えていくのを私はものすごく変な気持ちで見守っていた。お母さんは痛みをこらえているように目をぎゅっとつぶったまま、肩を手でおおっていた。

チェヒの両親は坂の上に行くことをあきらめ、近くの植物園でも回ってみようと言った。疲れたとみえてハイキングへの意欲も薄れたらしく、のろのろと歩いていく。

私は坂をおりきったところで、さっきは気づかなかった案内板を見つけた。「猛禽類（もうきんるい）畜舎」と書かれた矢印の形の案内板が、坂の上を指している。私は遅れたままそこにしばらく立っていたが、みんなの方へ戻っていった。

上流の方に猛禽類の畜舎があるんですよと、私は言った。垂れ流しですよ。

あの水、全部、汚水ですよ。

*

私はずいぶん前にチェヒと別れた。森林公園にハイキングに行ってから二年ぐらいたったころだったと思う。別れるころどんな話をしたかわからない。何がきっかけで別れることになったのか、いまは思い出せない。なんでだろう？　あのハイキングのことはこんなによく思い出せるのに。

　森林公園から出てきたとき、チェヒの両親は入ったときよりも離れて歩いていた。お母さんはポケットからイヤホンを取り出して耳にはめ、歌を歌っていた。愛も梅の花のように、ひとときのもの、ひとときのもの。チェヒは悲しそうだった。声をかけても答えず、私の方を見ようともしない。森林公園を出て家に向かう道は工事中だった。道路の両側が裸に削られた道を走り、山の方に入っていったところに、桃を売る露店があった。埃っぽい露店でチェヒたちが桃を見て回り、値段の交渉をしているあいだ、私は手もちぶさたに車に残っていた。車に戻ってきたお母さんが私のひざに小さな箱をのせてくれた。いちじくだった。薄赤く割れたいちじくが、六個入っている。いつかの夏、私がいちじくをおいしそうに食べていたとかで、おうちに持って帰って食べなさいと彼女は言った。

ときどき、考えてみるときがある。

むしろ私の方がチェヒの両親に積極的に調子を合わせ、楽しそうにあの坂道をおり、喜んであの谷間に敷きものを広げていたらどうなっていただろうかと。その方がみんなにとってよかったのではないか、そうすべきだったのじゃないかと。

私はいま、ほかの人と暮らしている。チェヒより背が高く、顔が黒く、指が太い人で、彼には姉も兄も弟妹もいない。彼の両親は車で二時間かかる小都市に住んでおり、二、三か月に一度ぐらい、彼といっしょに訪問して食事をして帰ってくる。彼は私に優しくしてくれるし、私も彼に優しくしている。だけどほんとにふとしたときに、たとえばテレビを見ていて彼が笑い、私が笑わなかったときや、彼が運転する車の助手席に座って、ぐんぐん迫ってくる道路を見つめているときなどに、どうしてこの人なんだろうと、考えこんだりする。

どうして、チェヒじゃないのか。

そんなとき、捨てられたという思いがして寂しくなる。チェヒとチェヒの一家に。ぶっきらぼうでちょっとくたびれていて、だけど優しいあの人たちに。

最近私はテレビで偶然に、あの森林公園に再会した。私と暮らしている人は森林公園が広いことに驚き、あそこに行ってみたいと言った。私は、チェヒのうしろをとぼとぼと歩いていった街路樹の道をぼんやりと眺めたあと、あそこに行ったことがあると答えた。いつ、誰と行ったのかと訊きたそうに彼が私を見たが、何も言わなかった。

あのハイキングについてはずっと、言いたいことがいっぱいあったのだけど。みんなが当惑し、切ない気持ちになったのは、私のせいじゃないということを。

ミョンシル

そして彼女は、ノートが一冊要ると思った。

金曜日の夕方だっただろう。午後のあるとき、彼女はあまり使っていない台所の棚を開け、何のためにそこを開けたのか忘れたまま暗い棚の中をのぞきこんでいた。置いた場所に置かれたままのカップには青と緑のデイジーの模様がついており、緑の金色が少し色あせていた。いちばんだいじに使っていた、いまは使わないカップを見つけた。たぶんその瞬間だったはずだ、彼女は、ノートが要ると思ったのだ。新しく買う必要はなかった。シリーのノートがこの家のどこかに何冊も残っているはずだから。彼女はほかのカップより奥にしまってあるカップを見て、ソーサーのすみを持って前の方に引いた。カップがソーサーの上でカタンと音をたて、それを聞いた瞬間ノートのことはきれいに忘れた。

また金曜日になったとき彼女はふたたびノートのことを思い出し、こんどはちゃんと本棚の前に行ってふさわしいものを探しはじめた。本棚のどこかに使っていないノートを集めておいたのだが、それがどの段だったか思い出せなかった。

　彼女の家には数万冊の本があったが、それは全部シリーの本だった。彼女の本はただの一冊もなかった。シリーが生前に本を出していたら、彼女の本も一冊、または何冊かあっただろう。シリーが名前を書いてプレゼントしただろうから。たぶんその本の最初のページには、ミョンシルへ、とだけ書かれていたはずだ。ほかには何も書かず、ただ、ミョンシルへ、と。いつも、自分の本が出たら一冊目の贈呈本にはそう書くからねって言ってたもの、と彼女は思う。ありがとうとか愛してるとかではなく、ミョンシルへ。それで充分と彼女は答え、ほんとにそう思っていた。

　彼女は上を向いて立ち、本の背表紙を上から順に注意深く調べていった。色あせた、古い本たちだ。シリーは自分だけの基準で本を並べ、その配列のほとんど全部を記憶していた。彼女はときどき埃（ほこり）を払ってやるだけで、数十年というものシリーの本棚には手を触れず、誰も触らないので本はシリーが並べたままで静かに古びていった。人間なき……不安の……語るべき……について……目につくタイトルがいくらかあったが、それは彼女に必要な本ではなかった。彼女が探しているのは、タイトルのない本だったから。またしてもぼうっとなりそうになったとき、彼女は何も書かれていない茶色の背表紙をじっと見つめている自分に気づき、それが探していた本だということを悟った。

ノートは見つけたから、つぎは万年筆を。

彼女はシリーの机に近づき、いちばん上の引き出しからそれを見つけ出した。平たい革の筆箱に万年筆が入っていること、いつもそこにあることを彼女は知っていた。それでも紐(ひも)で縛った革の筆箱を開けてみるとき不安だったが、万年筆はそこにあり、彼女は満足し、それを手にとってみた。紙に字を書くときは万年筆で。それは彼女のというよりシリーの考えだった。シリーはよくそう言っていたものだ。生涯に二本の万年筆を持ったが、ひょっとすると彼女が知らない万年筆がもう一本ぐらいあったのかもしれない。わかるもんですか――彼女はおもしろがって、そんなふうに考えてみた。わかるもんですか……彼女は引き出しに入ったインクびんを持ってふたをねじってみた。藍色の粉が落ちた。インクは固体になって、びんをさかさまにしても流れてこない。ペン軸もインクがついたままで固まっていたが、それは心配いらない。彼女は万年筆を台所に持っていき、生前にシリーがよくやっていたように、ガラスのコップにお湯を入れてペン軸を浸けた。

彼女は玄関にしばらく立っていたあと、家を出た。正午を少し過ぎた路地には、彼女のほかに行き来する人もいない。彼女は長い壁に沿ってのろのろと歩き、ゆるい坂になった路地をおりていった。秋を迎えて木々から落ちた葉を踏んでゆく。カエデの葉はかさかさに乾いて丸まっていた。こうなったらそろそろ雪が降るはずだ。冬までいくらもないだろう。ところで……と彼女は思う。インクは最近、どこで売っているのだったか。文房具店でしょう、ほかにどこがあるっていうのさあんたは……と一人問答をしながら彼女は深く息を吸いこんだ。この季節ならではの新鮮な空気で肺がふくらむ。涼しい、晴れた日だった。上に重ねた服の粗い織り目から風が入ってくるが、陽射しがあたたかいので、風さえなかったらどこかの角で座っていたいと彼女は思った。日当たりのいいところに腰かけて……何もしない。ただ陽射しを浴びて、行き過ぎる人を見物するだけ。私が小さかったときは……と彼女は考え続けた。町角に座っている老人たちのことがよく理解できなかったけれど。まぶしいだろうに老人たちは何のつもりであんなところに座っているのかと思ったけれど。あの人たちはきっと、すごく暗い部屋で暮らしていたんだろう。暗い、そしてすごく静かな部屋で……彼女は立ち止まって、靴に入った小石を振り落とした。

どんなに歩いてもインクを売っているところがないので、彼女は歩き続け、歩いていくと市場に着いた。丸い屋根をかぶせた手狭な市場が続き、買いものに来た人々はその道を上りおりして品物を見ていた。彼女も彼らに混じってゆっくりと歩き、干物と魚と肉と果物をまんべんなく見て回った。平たく焼いたお菓子やあめを売っている店で彼女は、小さいときお節句に食べていた虹色ゼリーを見つけ、それを一袋ちょうだいと言った。彼女は店の一方に控えめに立って、菓子屋が紙を巻いて角のような形にしたあと、そこにゼリーを入れるのを見守った。彼女は角形の紙袋を持ち、ときどきゼリーを取り出して食べながら歩き続けた。塩辛、みそ、油、餅、血、高麗人参、香料、うろこの匂い。

魚屋の前を通るとき彼女は、おばあちゃん、と呼ぶ声を聞き、それが自分を呼んでいるのだと気づいて驚いた。ああおばあちゃん、久し振りにおいでなさったね。ぴかぴかする前かけをつけた男が彼女に向かって言った。彼女がもっと驚いて、私を知ってるの？　私を？……と訊くと彼は、知ってるよぉもちろん、知ってるともさ、おばあちゃん、今日はコノシロ持っていきな、いまの季節はコノシロがうまいよ、焼いてもうまいし蒸してもいい、二人で食べたら、一人死んでも気づかない、おいしくって気づかなぁい、コノシロ、コノシロ、と言った。

彼女は手を裏返して甲の部分を眺め、つぎに手のひらを開いて、甲と手のひらの境目をじっくりと調べてみた。手の甲は浅黒い黄色をしているが、指と指のあいだはいまでも薄い桃色だ。生まれたてのときはどこもかしこもこうだったのだ。手の甲も手のひらも足の裏もかかとも……いま生まれたばかりのときには、あんなにふわふわしてやわらかかったのだ。赤ちゃんの足の裏が手のひらとおんなじであるように。彼女には、赤ちゃんのぽってりした足を持ち上げ、足の裏を親指でこすってみて驚いた記憶があった。たこなんか一つもない、やわらかい肌の記憶だ。立ったり歩いたりしたことのない人間の足。誰もがこんな足を持って生まれてくるのに……いったん立ち上がって歩くことを覚えると変わるんだね。完全に違う組織みたいになって、足の裏もかかとも固くなって……そんなことがとてもわびしく思われて、小さな足をしばらく触っていた記憶があった。

だけど、あれは誰の足だったのかしら。誰の子だったのかしら。妹の子だったはずだ。彼女の妹は遠く離れた小都市で暮らしており、男の子と女の子を産んで育てた。あの家は海のそばにあったよね、と彼女は考え続けた。夏にはノウゼンカズラの花が咲き、秋にはサルスベリがいつまでも、色あせるまで咲いていた庭。つながれていない犬たちが純真な顔をして庭を歩き回り、子どもたちが犬の大きな頭を撫でていた。彼女がうつ伏せになったり横になったりしていると、背中やおなかによちよち這い上がってきた子どもたち。汗まみれの熱い頭のてっぺんを私の脇腹にこすりつけていた……あの子たちもみんな大人になっただろうな。あの子たちの近況を聞いてからもうずいぶんになる。ずいぶんになると思いながら彼女は、シンクの下水道口のそばに置いておいたビニール袋を引き寄せ、そのはずみでビニールの外にはみだした魚の薄赤い尾ひれを見て驚く。

彼女は流水でコノシロを洗ってざるに上げ、酢を使ってシンクを磨いたあと、お茶用のやかんでお茶を沸かした。台所のテーブルには、お茶っ葉の缶と、わざと空気にさらしてやわらかくしている最中のお菓子が入った袋、安全ピンやボタンを集めてある皿、ほかのところにかたづけようとして重ねた食器が置いてあり、彼女はそれらの横、テーブルのはじっこに湯呑(ゆの)みを置いて満足そうにお茶を飲んだ。あたたかいお茶を飲みくだすと眠気が襲ってくる。彼女はこっくりこっくりしたが、シンクに置いてあるガラスのコップを見て驚いてのけぞった。シリーのペン軸を浸けたガラスのコップだった。

私ったら、もう……

今日はもっとだいじなことがあったのに……彼女は山のように積まれた本の前を離れて、机のある部屋に入っていった。濃い色に染めたゴムの木で作った机が壁にぴったりくっつけてある。相当に古いものだが、じつはほとんど使われていなかった。机を家に入れていくらもたたないうちに机の主が世を去ったから。机は、数万冊の本でいまにも倒れそうになっている本棚を背にして置かれていた。使われることもなく、長い歳月その場所にあり、ひょっとするとそのためにさらに古びてしまったのかもしれないと彼女は思った。あまり使わなかった蓄音機の方が先に錆(さ)びたりするのと同じように。彼女は椅子を引いて座ったあと、机の角をつかんでみた。ノートと新しいインクびんはもう机に置いてある。彼女は背中を丸めて、机のむこうの壁を眺めた。壁紙のところどころが不規則に浮き、しみが広がっていた。どの年だったかある季節に、たぶん夏に降った雨の跡だろう。こんなに奥までしみこむくらいたくさんの雨……彼女はそれをじっと見ていたが、ここよりも窓ぎわが、書きものをしながら顔を上げれば外が見える窓ぎわの方がいいんじゃないかと思った。どら、と彼女は椅子を引いて立ち上がった。椅子は机と同じゴムの木で作られているのでかなり重く、これをうしろに引くだけでもかなりたいへんだが、それより何倍も重い机を一人で動かすことができるのかどうか。彼女は疑いもせず、まずは側面から机を引っぱり始めた。

一、二回きしみ音が出ただけで、少しも動かない。あんまり長いこと……ここに置きっぱなしだったからだ。彼女はそう思いながら力を入れて引っぱり、つぎは押した。腕と胸と腰と両足とひざで力いっぱい押し、押し、押してみるとある瞬間にク……と机が動きだし、彼女はそれがうれしくてもっと力をこめて押した。クククク……ククク……机が床を引っかきながら進み、ついにちょうどいいところまで来ると、彼女は顔を紅潮させて腰を伸ばした。足ががくがくと震え、胸がじんじんしたが、曇りガラスを通して外が見える場所に移動できた。ほら、と彼女は白っぽく舞い上がる埃の中で言った。さっきよりずっとよくなった。彼女はまた椅子に腰かけ、息を整えてインクにペンを浸した。心をこめてインクをペンに含ませるとスッと音がして彼女は緊張し、万年筆をギュッと握った。今日じゅうに……と彼女は考えた。

最初の段落を書こう。

それはシリーに関するものになるだろうと彼女は思った。どんなものになるかわからないが、シリーに関する物語。ところで……どう書き始めるのがいいんだろう。シリーを、シリーに関することを……何から書き出したらいいだろう。

書き出しもそうだけど、終わりもどうしよう。どう締めくくるのがいいのか。シリーならどうしただろう、シリーなら……でもシリーはお話をなかなか締めくくれなかったな……と彼女は考え続けた。シリーはほんの少しの量をたいそうゆっくり書き、毎日毎日、前の日に書いたものを最初から見直して書き直した。おかげでシリーのお話は最後までたどりつかないことが多く、たいがいはいつまでも始まりのところをくり返したり、書き出しの部分ばかりがたまっていったりした。本人はそのことで苦しんだが、彼女はそれでもよかった。シリーの文章、シリーの骨格にそっくりの文章が毎日少しずつ変化し、お話も少しずつ変わっていくのを見ているのが好きだった。シリーは自分の原稿を彼女以外の誰にも見せなかったから、彼女がその文章、そのお話の唯一の目撃者だった。そして……お話を始めるとき、シリーは彼女を座らせて、こんなお話やあんなお話をしたいとか、こういうお話を書くんだと目を輝かせて言った。ほんとのところ彼女は、シリーの文章を読むのと同じくらいシリーのお話を聞くのが好きだった。あるお話は、シリーが彼女に話しているあいだにできたものだ。それだけでも充分だと彼女は思っていた。彼女は仕事から帰ってきたシリーが机に小さい明かりをつけて、そこにむかって背中を丸めて座り、何か書いていた姿を思った。

だけどあるとき、そうやって書いたお話をシリーが外に捨ててしまったことがあったっけ……窓の外に。共用駐車場と道路を見おろす窓から。彼女はすぐに拾いにおりていきたかったが、シリーが……シリーが小鬼みたいに目元を赤くして立っていたので、そんなシリーから目を離すことができず動けなかった。居間と台所の窓が夜中じゅう風でがたごと音を立てていた。辛い晩だった……あとでこっそりおりていってみると、あのお話たちはもう取り返しがつかないほど散らばるか、とても拾えないところまで飛んで行ってしまったあとで、何枚も残っていなかった。

シリーがこの世を去ってから、彼女は、自分が読んだり聞いたりしたシリーのお話を、あれらのお話がどう始まってどう続いていったかを記録しておこうと思ったけれど果たせなかった。彼女が持っていたのはかけらだった。文章というより声だったし、集めようとすればするほど遠ざかり、散り散りになってしまうこだまだった。シリーのお話たちが本になることはなかっただろうが、そのかわりということでもなかっただろうが、シリーが買い集めた本がこの家に残り、その本がいま、彼女の背後にある。彼女は振り向かなくてもどの棚にどんな本があり、どんな色の表紙にどんな題名が書いてあるか全部言うことができた。言えると、信じていた。ときどき、いや、それよりもずっと頻繁に彼女はあの前に立ち、その本の山の中にシリーの本がないということについて真剣に考えてみたりしたのだから。何万冊もの本。有名な、偉大な名前たち。それらは一角だった、一角にすぎなかった。水面上に現れた名前の下には凍えたまま沈んでいる名前たちがあり、シリーはその中にいた。シリーが……そのことを考えると彼女は氷のように冷たい水に沈んだシリーをほんとうに見たような気がし、そこにとじこめられたシリーをどうしてやることもできなくて、息が詰まった。

一度、と彼女は考え続けた。

シリーといっしょに妹の家に行ったことがあった。夜船に乗っていった。島に嫁いだ妹の家には門がなく、歩いて行けるところに海があった。朝になってかなり遠くまで水が引いた浜辺は、固くて湿った砂でおおわれていた。海のむこうにまた別の島が見える海岸でしばらく遊んだ。砂は乳白色で、海は遠くまでエメラルドの色だった。いっぱい笑い、よく遊んだ。あのときの声……あの海の色の思い出も彼女には残っていた。海底の傾斜がゆるやかだったので、彼女は泳げないシリーを浮き輪に乗せて、波にまかせてやった。

彼女がひざまで砂に埋めて海岸に座っているあいだ、シリーは浮き輪に乗ってぷかぷか浮いていた。サンダルとカメラ、体を拭くために持ってきたけれど砂がいっぱいついたので役に立たなかったタオル……歩いて渡れそうに見えるところに島があり、そこの海岸にも家があった。赤や青の屋根が見えた。屋上に干してある洗濯物まですっかり見えた。ミョンシルー、とシリーが彼女を呼んだ。水の中に海藻の群落があった。そのあたりの海は暗かった、巨大な穴みたいに見えたと言うのだが、そっちにむかって流されていくときシリーは両腕で海を漕いでいた。あの顔。あの、若い、子どものようだった顔。でもあの顔がどんな……どういう表情だったのか彼女はよく思い出せない。ひどく離れたところの光景みたいで、遠すぎた。あの海岸でシリーはとても小さく、浮き輪に乗ってぷかぷか浮かび、でもその顔を思い出そうとすればするほど風景ははじっこの方から暗くなっていく。とても暗く、とてもゆっくり……変なこともあるもんだと彼女は思う。ある記憶は味が感じられるぐらい鮮明なのに、ある記憶は目の前に頑丈な膜が張られたように不透明なのだ。いつかの夏……いつの夏だっけ？　シリーと私がいっしょに……何歳のときだったか？

妹が知っているだろう。彼女は椅子を引いて立ち上がり、台所に行った。冷蔵庫にメモ用紙が磁石で留めてあり、彼女はその古い紙をよく見て、いちばんよく憶えている番号を探して電話をかけた。受話器を握り、暗い長いトンネルごしに響いてくるような呼び出し音を聞いた。もしもし、と誰かが電話に出た。彼女は言った。

ヨンシルかい。

はい？

ヨンシルだね。

おばさん……おばさんなの？

ヨンシルと話したいんだけど。

……

もしもし？

おばさん、お母さんが電話に出られないこと知ってるでしょ。

そこ、ヨンシルの家じゃないの？

おばさん？

おばさんだって……。彼女は怖くなり、あわてて電話を切った。私はヨンシルにかけたのに、どうして何度も私におばさんなんて言うんだろ。私をおばさんと呼ぶあの女は誰だろう。電話線が変なところにつながったに違いない。そうなるように誰かが意地悪をしたのかもしれない。流し台におなかを押しつけてしばらく立っていると、サイレンの音が聞こえてきた。彼女の記憶では民間防衛訓練[*1]の日でもないのに、高い、緊迫した音だ。空襲警報だろうか。とうとう、と彼女は思った。とうとう来たのか、こんなに、何でもないことみたいに……しかし彼女が身動きもできずにいるあいだにも音はだんだん近づいてきて、彼女はそれが玉ねぎとにんにくを売る移動販売の拡声器の声だと気づいた。思いはぼんやりと遠ざかっていった。

彼女は椅子のそばに立ち、さっきまで誰か座っていて立ち上がったような角度に開いた椅子と机を眺めやった。机と椅子の角度は左に向かって若干開いているので、さっきまでここに座っていた誰かは左側に立って出ていったのだろう。それは、私だ。それが自分だということがわかっていてもこの眺めはよそよそしく思われ、彼女は椅子に手をのせた。椅子に座って万年筆を手にとる。もう冷たくなっていて、ひやりと感じるほどだった。彼女は万年筆を握り、それが体温と同じぐらいになって異物感が消えるまで待った。これをずっと握っていなくちゃ、と彼女は思った。

シリーの二本めの万年筆だ。

最初の万年筆は彼女がシリーの名前を入れてプレゼントしたのだが、シリーはそれ

＊1　【民間防衛訓練】　北朝鮮の襲撃に備えた民間避難訓練。

あるあの島で……鋭く砕けた岩がいっぱいあるを海岸でなくしてしまった。妹の家があるあの島で……鋭く砕けた岩がいっぱいあるあの海岸で散歩していたとき……あそこのどこかだったはずだ、万年筆を落としたのは。海岸を出て宿に戻る途中でシリーは、手帖に挿しておいた万年筆がないと言って泣き顔になり、いっしょに戻ってあちこち探したけれども、とうとう見つけられなかった。たぶん石のすきまのどこかに落ちているだろう。よく見えない石のすきまに。万年筆はいまごろ錆びて朽ちはて、形もわからないようになっているだろう。錆びだらけの木の枝みたいになって残っているかもしれない。とっくに消えたかもしれない。長い年月、昼と夜をくり返し、波風にさらされてだんだんやせ細って。

シリーはいつも自分が使っている品物に特別な愛着を抱き、ときどき、そういうものたちはある種の情緒みたいなものを持ってるんだと言い張った。ヘアピン、はきもの、めがね、鍵、小銭入れ、筆記用具……知らない土地に行くとゴミ一個捨てるにも気を遣い、そんなところでものをなくそうものなら、不慣れな場所でその品物が何て思うか、どう感じるか、あんな小さなものが自分一個だけでいきなり置き去りにされたらまともではいられず、病気になっちゃうだろうと言って気をもんだものだ。自分自身、一人ぼっちになることが怖いたちだったからだろうかと彼女は思った。シリーは人一倍寂しがりやだったから、どこかにものを一個だけ置いてきぼりにすることにもひどく敏感だった。人だけではなく、ものにも……ものに対しても。

もの、恋しさを感じるのだろうか。ものに対して。

シリーはいつか彼女にこんなお話を聞かせてくれたことがある。夜明けに野原に行って、誰かを待っている人のお話。

誰を待つの？

恋人を。

なんで待つの？

そこで会うことにしたから。

どれくらい待つの？

かなり長く……と答えたあと、シリーは、でも大丈夫とつけたした。

マリコはだいたい遅れてくるから大丈夫と思って、その人は待ってるの。

マリコ？

その人が待ってる人の名前がマリコ……

そう。

でも、その人はもう座りたいの。座りたい、座りたいと思いながら野原に立ってるんだよ。

座ったらいいでしょうに。

それじゃだめなの、座ったら……その人も、座ってもいいかなと思って座ってみたんだけど、野原にはいっぱい草が生えてて、その中に座ったら、よく伸びた草に埋もれてしまうから。ひょっとしたらマリコが見つけられずに通り過ぎちゃうかもしれないからね。だから立って待ってるの。立って、地平線を眺めてる。風が吹くたびに野原が揺れる。盛んに茂った草がおたがいに触れ合って音を立てるの、風向きに沿って……波みたいに……その人のこと考えてみてごらん。マリコはどっちから来るかってちょっとずつ方向を変えて立っては、地平線を眺めてるんだよ。そしてこの野原で、その人は完全に一人というわけではなくて……

誰かいるの？

いるよ、机と椅子がいる。

机と椅子が何かではなくて誰かであるみたいにシリーはそう言ったよね、と彼女は思った。シリーはそんなお話を書くと言い、彼女は夜、暗い天井を眺めながらそんなお話を聞いた。風が吹き、天井が黒くゆらゆらしているみたいで……野原で誰かを待っている人と机と椅子、それはきっと死んだ人たちのお話ねと彼女が言うと、そうかなとシリーは答えた。死んだ人が死んだ人を待っているお話。シリーはそれを完成させることができずに死んだ。その人をずっと野原に残したままで死んでしまった。シリーのお話の語り手はあのまま野原にいるだろう。マリコが気づかずに通り過ぎるかもしれないから、座ることもできないままで。

彼女は考える。

人が死んだあとも終わらない何かがあるということ。あなたと私が死後も会えるということ。そんな考え方がどれほど慰めになるか、どれほど美しいかについて考える。私は死に、シリーに会う。シリーが待っていてくれる。シリーは死んだけれど、生きている人間には想像も理解もできない何かとして、ある状態として残っているはずで、私が死んだあとシリーと私は、状態どうしとしてであっても会うことができる。そんな世界があり、その世界にシリーがいる。このような想像がどれほど慰めになるかを。

けれども、ない。

ないのだ。

徐々になくなっていくものがあり、次第に消え去るものがある。それだけのことだ。

彼女はシリーの写真をたくさん持っていた。小さいころの写真はシリーの家族が持っていたので、彼女が持っているのは全部、二十歳以後の写真だった。シリーは写真を撮られるのが好きでなかったから多くはなかったが、それでもかなりあった。回木馬を眺めているシリー、黒い岩に腰かけているシリー、潮が引いた海辺で浅い水たまりに残された稚魚を見つめているシリー、びっくりしたようにうしろを振り向いたシリー、カメラのレンズにむかって手を伸ばしているシリー。彼女はその写真をふたのついた箱に入れておき、この十年あまり箱を開けたことはなかった。開ける理由がなかった。写真、それはただののっぺりした紙だ。そうなる瞬間が来た。はじめは……はじめのうちはその写真全部の中にシリーがいた。ある写真などは特別な何かがこもっているかのように、生前のシリーがそのまま感じられた。死という乱暴な衝撃を受けて体から抜け出していったシリーのかけらが、そこに宿っているみたいに。それはシリーの鼻、シリーの額、シリーの口だった。彼女が写真を通してシリーを見ていたように、シリーも写真の中から彼女を見た。だったのだが、ある瞬間に消えた。それが消えた。消えて、そこにシリーはいなかった。それは目の形、鼻の形、額という形に集まってにじんだインクの跡にすぎず、写真の中の人物がシリーだということを彼女は理解できなかった。そんな瞬間が来た。シリーがもういないということを写真ほどまざまざと感じさせるものはなかったから、彼女は写真を集めて箱に入れ、もう見なかった。

　だから……だからいままでは、記憶だけなのだった。彼女が持っている記憶。持っていると信じている記憶。

　そしてこれらもすべてなくなる。私といっしょに。私の死とともに遅かれ早かれ、おそらく、もうすぐ……誰もシリーを知らなくなる瞬間が来て、シリーは永遠に沈む

――忘却へと。

シリーはついに死ぬのだ。

彼女はじっと座ってそのことを想像してみた。それがどんなものか考えてみた。暗闇だった。すべてのものを消し去る暗闇。すべてのものを、何でもないものに変えてしまう暗闇。


シリーは死ぬとき、どうだったのだろうか。

そんな暗闇を見たのか。

そんな暗闇。

私のことを心配しただろうか。

私を置いていくことを。

彼女は窓の外を見やり、葉っぱが半分くらい落ちたクヌギの木の下を誰かが歩いてくるのを見た。風に揺れている木の枝の下に、運動靴をはいた二本の足が見え、そのつぎに黒いズボンをはいた脚、茶色のジャンパー、黒いマフラー、寒そうにあごをマフラーに埋めた顔を見た。なぜだかその顔を知っているような気がして、その人を呼ぶためにパッと立ち上がりかけてやめた。名前が思い出せなかった。

シリーはずっと前に死んだ。もともと肺がよくなかった。二十歳になる前に結核を患い、その後もずっと肺が固まる病気だった。シリーが息を吸いこむと胸から音がした。固くしこった組織にしわがよる音、際限なく吸いこんでも足りないような音……シリーはときどき、トイレやベランダなどに行ってドアを閉め、一人で荒い息をしていたものだ。生涯ずっとその音に耳を傾け、心を痛めたために早くふけこんでしまったシリーのお母さんは、彼女にはじめて会ったとき黙って涙をこぼした。シリーのお母さんも死んだ。彼女はそれをとてもふしぎなことに思い、改めて考えてみた。シリーも死に、シリーのお母さんも死に、私は残っている。どれくらいになるだろう。どれくらい長く残されているのだろう。

彼女はシリーの本といっしょにこの家に残された。何万冊もの本、それらを収めた棚。これを何と言うべきなのか。それが彼女の背後で崩れていた。彼女はいつもその音を聞いていた。存分に聞いた。シリーが死んでいくらもたたないころだったろう。彼女はある日その前に立ち、本の名前たちを、名のある本たちを、じっとにらんでいた。これがシリーを殺したのだと思った。これしきのものが。とてつもない数の活字たち、物語たち、シリーの名前が一個も見当たらない活字たちのざわめき。シリーはこれらを読むためにしょっちゅう徹夜し、その後体調をひどく悪化させた。あるとき彼女は、本に向かってうつむいて一枚一枚ページをめくるたび、シリーが一歩一歩死んでいくと感じた。彼女の目にはそれが見えた。本棚から舞い上がる角質、シリーの息を詰まらせる埃、それらを吐き出しながらどうしようもなく古びていくものたち。

彼女は本の上に油をまき、火をつけたマッチを投げたかった。あの本たちに伍するお話を書けないために自分を責めて苦しんだシリーは、いったいどうなったか。あれしきのもの、あれしきのものがシリーを殺した。そう思い、そう信じた。数十年が流れるあいだ、彼女はどの一冊も開いてみなかった。誰も開かなければ役に立たない本を一冊も捨てず、あれらの本を、本棚を……閉ざしたまま、死ぬにまかせた。

日が沈むところだった。

彼女はまだ最初の段落を書き始めることができないまま、机の前に座っていた。

どう始めたらいいのだろう。

一度……シリーといっしょに妹の家を訪ねたことがあった。夜に出る船で行った。船で行きたいとこだわったのはシリーだった。星を見たいと言った。星が見られるはずだと期待していた。けれど天気がよくなくて、雲が分厚くたれこめ、星も月も見えなかった。船はだだっ広い闇の中を滑るように行き、シリーと彼女は船室にあった古い毛布をかぶって甲板に立ち、海を眺めていた。夏だったが、風は冷たかった。錆びた欄干のむこうは断崖で、下は灰色の海だ。水に沈んだスクリューが作り出す泡がうしろに流れていく。シリーはマスクをはずし、こっちの方が息をするにはずっと楽だと言った。何度か胸をふくらませて息をしたが、船のエンジンの音と風のためにその音は聞こえなかった。彼女が毛布の中でシリーの手を握る。いつも冷たいシリーの手、いつもあたたかい彼女の手。やがてシリーは腰を楽に曲げた姿勢で立った。陸地を離れた漁船が遠くの海で集魚灯をつけていた。その明かりがどこまでも続いた。彼女はそんな光景を見たことがなかったから、飽きもせずに眺めていた。広々とした暗闇の中で、水平線を示しているのはその明かりだった。それがなかったらただの闇であるだけの空間を水平線で分けるということ。彼女はそれを美しいと思った。圧倒的な空間に投げこまれた人間にとって……それは、ほんとうに美しい光景だった。シリーもそう思ったのではないかしら。そんなことを感じたのではないかしら。

彼女はシリーのお話を思い浮かべた。私がそのお話の語り手だったら……私は……明け方に着いただろう、その野原に。

夕方だったかもしれない。

野原にしばらく立っていた。マリコを待った。ここで会うことにしていた。かなり長いこと待ったが、大丈夫だ。マリコはだいたい遅れてくるのだから。

でも、座りたい。

座ってもいいだろう。

座ってもいいはずだよね、と思ってしばらく座ってみて、それから立ち上がる。野原いっぱいに草が茂っていた。その中に座ったら、丈高く伸びた草に埋もれて見えないだろう。ひょっとしてマリコが私を見つけられず、通り過ぎてしまうかもしれない。立って地平線を眺める。風が吹くたびに野原が細かく揺れる。豊かに茂った草と草が触れ合って音を立て、風向きに沿って乾いた波を広げていく。マリコはどっちの方角から来るのか。少しずつ方向を変えながら立って、地平線を見ている。私は……この野原で一人ではない。机と椅子。それがいる。私のように半分ぐらい草に埋もれたまま置かれている。この机と椅子は長くもたないだろう。真昼の陽射しや夜露にさらされるだろうから。

ちょっとだけ座っていよう。

彼女は了解を求め、椅子を引いて座った。

座ってマリコを……シリーを待った。

こうやって座ったまま、あと何度の冬を迎えることになるのだろう。そして何度の春と何度の夏を。彼女は考える。死んだあともシリーに会えるという思いが、なんて手におえない想像であるかを。なんて手に余る、空しい思いであるかを。そして空しいながらにそれは、なんて美しかったろう。それが必要だった。すべてのものが消えてゆくこのときに。暗闇を水平線で分ける明かりのようなもの、それがあそこにあるという、しるしのようなものが。

その、美しいものが必要だった。

彼女はノートに万年筆をあて、インクが流れてくるのを待った。題名を書き、カンマを打ち、そして名前を書いた。

冬まで、あといくらも残っていない。

誰が

ブザーが鳴ったとき彼女は、なかなかとれないしみを拭いていた。一週間前、彼女はここに引越してきた。部屋が二つにベランダと古い洗面台。部屋には大きな窓があり、錆(さ)びたちょうつがいでかろうじてくっついた扉つきの靴箱のある住まいだった。引越し後の何日かは仕事が忙しかったため、この家では寝るだけだった。朝、髪を乾かすとすぐに家を出、夜帰ってくるとシャワーを浴びて床につく毎日だった。引越してきたとき、壁紙を貼った糊(のり)の跡でリビングの床がべたべたしていたので、そこだけは大ざっぱに拭いておいたが、一週間たつと糊っぽさが寝室にも拡大してきて、ベッドのすぐ前の床もべたべたした。酸っぱいような匂いもする。彼女はスプレー式の洗剤を床に散布して濡れティッシュとぞうきんで床を拭いた。濡れティッシュの方がずっとよく拭けることがわかったあとは主にそっちを使ったが、よく拭けるといってもしょせん、ぞうきんよりはという意味である。もう固まってしまった糊の跡は、拭いてもすっきりとれはしない。妙な形に固まってしまった糊にぞうきんを当ててこすると、糊は薄い膜になって平らに広がる。なくなったようでもなくなっておらず、拭きとったつもりでも拭きとれていなくて、乾いてみるとべたべたする。彼女は、その日の正午から始めて七時間もこの作業をやっている最中だった。

　糊を含んでべたべたのぞうきんを持ったまま、彼女はインターフォンの前に立って画面を見た。モノクロの粗悪な画質の画面の中に、ドアの外が映っている。上階に通じる階段の一部とステンレスの手すり、隣の家のブザーがついた壁が凹んだ画面に映っていた。髪をひっつめにした女がその前に立っている。彼女は初め、その女を子どもかと思った。小さく見えた。カメラから離れているからなのかもしれない。どちらさま？　と彼女がインターフォンで訊くと、その女が画面に近づいて上の階の者だと言った。丸い顔、丸い首に深いしわが何本か見え、両腕をぎこちなく垂らしている。何のご用ですか？　彼女がもう一度訊くと、女は、ちょっとお尋ねしたいことがあってと言い、彼女に出て来いと言うのだった。

　彼女はチェーンをかけたままでドアを開けた。女が、手のひらを広げたくらいの幅のすきまから顔を突き出して彼女を見た。昨日ここで誰かがけんかしてなかったですかね？　昨日ですか？　誰がですか？　誰かすっごいけんかして、泣きながら、赤んぼがかわいそうだって言ってなかったですかね？　昨日ですか、知りません、ここには赤ちゃんはいないし。男は？　男とけんかしてませんでした？　やたら泣いてさ。

私、昨日は家にいなかったんですよ。いなかったの？　いつ、いなかったの？　昼間です。昼間いなかったんだ？　じゃあ夜は？　夜はいたんでしょ。夜はいましたけど。夜、ひどい騒ぎだったんだけど聞こえなかった？

　何のことでしょう？

　彼女がもう一度訊くと、女は上の方をにらんだ。私、と女が言った。私、ここの上に住んでるんだけど、うちの上の階の人が変な難癖つけるんだよ、うるさいって。うちが、うるさいんだって。大声出して、泣いて、赤んぼがかわいそうって言うのが、うちの方から聞こえたって言うんだよ。うち、娘と私と二人で住んでて、私が商売で出るから昼間は娘だけなんだけどね、娘は三十四歳で、学校出て勤めていたけどいまは家にいるのよ。犬、三匹飼ってるけど、吠えないよ。ここは犬、いないの？　犬いないね？　飼わないの？　うちの犬は吠えないんだ。けど昨日とおといは犬どもが何か変になっちゃって、ほんと、あんなに変になったのはじめてで、ものすごい声でウォ、ウォ、ウォ、ウォって吠えて騒ぐんだわ、何があったんかなと思ってたらどっかの女が泣いてさ、夜によ、もう大声出して叫んでさ、それをうちの娘だって決めつけて怒鳴るんだもの、男とけんかしてるって、上の家がさ、赤んぼがかわいそう、かわいそうって。

　はい？

上の人が、うるさいって言うんだよ、うちが。

おばさんに？　上の人が？

違う、私が。

はい？

だからー、私が娘と二人で住んでるもんだから、お袋が娘連れて家出してきたとか何とか、いろいろ言って、ふざけやがってさ、それで、言ってやったんだよ。

ちょっと私、何のことだか……

わかんないんですけどと彼女がつぶやいているとき、紺色のスーツを着た男が階段をおりてきた。男が階段をおりてきてさらにおりていくあいだ、女は彼の背後にむかって唾を吐くような調子で言った。まったくもう何がどうしたとかこうしたとか、ふざけたこと言いくさって、だから私がこうやってあっちこっち回って探してんだ、犯人を。どっかの家がやらかしたせいでうちが怒鳴られちゃたまんないよ、つかまえてやんだから。だってここの連中って、ほら。ねえちょっと入っていい？　入っていいでしょ？

　女は彼女を見つめ、ドアのすきまにむかって切実にそう言った。だめです、と彼女はびっくりしてドアノブをしっかり握りしめ、部屋の方を振り返った。七時間這いずりまわって拭いた床には、汚れた濡れティッシュの切れはしが散乱している。いいえ、いまちょっととりこんでるんで……そう答えると、女がドアのすきまからリビングをのぞきこんだ。沈黙が流れた。彼女は片手をドアノブにかけたまま、いつでもそれを引いてドアを閉められる状態で上の階の女を見ていた。で、と女が言った。この家では聞こえなかったってことでしょ、どっかの女が大声で泣いたりけんかしてたのが？でしょ？　訊いてみるとみんな違うって言うのさ、あの騒ぎを聞いた家はあるのに、やったって家はないんだよ。今回はもうただじゃすまさないから。犯人、絶対、つかまえてやんだから。どっかのしょうもない家がうちを罠にはめようとしてさ、バカにしてさ、いやがらせしようとしてんだ、もうこんどはただでおかないから、見てなさいよ……と言いながら女は、失礼しましたでも帰りますでもなく、一人言を言いながら階段を上り始めた。彼女は女のうしろ姿を見送ったあと、ドアを閉めた。

夜、彼女はベッドに寝て天井を見た。静かだった。この家はほんとうに静かで、彼女はそこが気に入っていた。なのに上の階に犬がいるの？　三匹も？　彼女は耳をすましてみた。何の物音もしない。一週間ここで寝ているが、犬の吠え声なんか聞こえたことはない。ただときどき、天井からトルルル……という、固くて丸いものが転がるような音がしたが、いまになって彼女はそれが何なのかわかったような気がした。犬が遊ぶおもちゃじゃないだろうか、ボールみたいなもの、鉄の球みたいなもの。でも犬がそんな重いもので遊ぶかな？　彼女は鉄の球を転がして遊ぶ三匹の犬について考えてみた。ああ、それにしても上の階の女の人はちょっと変だよね。頭、おかしいんじゃないかな。そうに違いない。やんなっちゃう……頭の変な女の人に、あんなことでドアをノックされちゃうなんてさ。私忙しいのに。明日の朝とか晩とかに階段であの人に会ったらどうしよう、ああ嫌だ。ああ疲れる。会いたくもないし、顔合わせるのも嫌だ。最近はどこ行ったって変な人だらけ、変な女に変な男だらけだわ。

危機の惑星を救うたった一人の地球人。

そんなことばが思い浮かんだ。彼女は、どこでそれを見たのか考えはじめた。地下鉄だったと思う……彼女は人々のうしろでドアが開くのを待っていた。ドアが開くと人々が抜け出していったが、そこはまだ外ではないのだから、ほんとうの外に出ようとする人々の長い行列がすぐにできる。彼女はまたもや人々のうしろで前の人が動くのを待っていた。半歩ずつにもならない歩みでのろのろと前進し、彼女の体は左右に揺れ、すぐ前の人の髪と肩が左右に鈍く揺れているのが見えた。前の人の前の人、その人の前の人、前の人の横の人、横の人のうしろの人。ほとんどは黒い頭で、それが左右に揺れながらのろのろ移動していく。地上にむかう最後のエスカレーターに乗る直前……たぶんそのときだっただろう。彼女は映画の広告のキャッチコピーを読んだ。読む気もなかったのだが、それが頭のそばで一瞬チカチカしたので読んでしまったのだ。危機の惑星を救うたった一人の地球人。

　好きだねえ。

　暗闇の中で天井を眺めながら、彼女は思った。危機の惑星を救うのがなんでたった一人の地球人じゃなきゃいけないの。わかったわよ、やってみな、地球人。成功したって……英雄にでもなりな。あんたが活躍して危機を脱したあと、惑星は英雄の子孫だらけになるだろうさ。見てなさいよ、卵から生まれた何かみたいに[*1]、惑星じゅうに広がった地球人の子孫が結局、危機から脱した惑星をまた危機に陥れるんだから。彼女は今朝、違う、昨日の朝だ、エスカレーターの先頭で携帯をのぞきこんでぐずぐずしていた青年のことを考えた。うしろから人が上がってくるので気がせいて彼女がバッグの角で背中に触れると彼は無表情に振り向いた、その顔を思い出し、もう考えるのをよそうと思って目をつぶった。明日の朝も彼女はそんな人に会うだろう。悪ければ同じ人に、またはあれとそっくりなことをする誰かとぶつかって、口で言えないほど不愉快になったり腹を立てたり、嫌気がさしたりするだろう。それでまた人が嫌いになるのだ。

　彼女はもともと人間嫌いではなかった。なかったと思う。嫌いになったから嫌ってるんだ。もう人は嫌だ、嫌になっちゃった。決定的だったのは前に住んでいた家でのことだ。一週間前まで暮らしていたあの家、あの町、あそこの人たち。彼女はその町で十五年暮らした。停留所のある大通りから、遊歩道のある低い山の方までは直線距離で五百メートルほどのゆるやかな坂道だったが、彼女がはじめてその町に来たときは、なんにもなかった。クリーニング屋一軒。よろず屋一軒。金物屋一軒。中国料理店一軒。練炭と米を売るすすけた店が一軒。そのほかにはなんにもない町。それが、彼女がこの町から受けた第一印象だった。町の昔の名前は月村(ウオルチョン)だった。

彼女が住んでいるあいだに、月村はどんどん変化していった。通りが変わった。いや、通りはそのままだったが通り沿いが変わったのだ。何もなかったところに粉食店[*2]ができ、小さいスーパーができ、とほうもない量のパンを焼きまくるパン屋ができ、本も借りられるレンタルビデオ店ができ、それ以外にもたくさんの店ができたが、大部分は長続きせずに業種を変えるか、閉店した。あろうことか店名が「パンパンパン」だったパン屋ではパンが売れ残り、料理が下手な夫婦の粉食店はいつもすいていた。比較的あとでできたスーパーとレンタルビデオ店ははじめからやる気まんまんだったが、彼女はこの二つの店の店主がいちばん苦手だった。そこそこの会社に勤めて課長クラスまで行き、早期退職して自営業を始めたという彼らは、店に来るお客に過

＊1　【卵から生まれた何か】　韓国の神話では、高句麗（こうくり）、新羅（しらぎ）、加羅（から）の建国者はみな卵から生まれたとされる。
＊2　【粉食店】　トッポッキや海苔（のり）巻き、麺類などの軽食を出す飲食店。

剰に親切に、親しげに接した。彼らの意欲的な態度には、彼女を居心地悪くさせる何かがあった。彼らがやる気まんまんなほど彼女はいたたまれず、ていねいにされると気持ち悪かった。彼女はこの二人の店主がお客や自分ににこにこ笑いかけるのを避けるために斜めに立ち、あらぬところに視線を向けていたものだった。

レンタルビデオ店は家のむかいだったので、ときどき寄っていた。店主は最初、彼女に出身地を尋ね、自分の故郷と方角が同じだと言い、それなら同郷人も同然だと言い張った。彼はお客のほとんど全員に同郷人だとか兄さん、姉さんと呼びかけ、人なつっこくふるまっていたが、後にはストローをさした牛乳パックに焼酎を入れてまっ昼間から飲みながら、レジ台の中に沈鬱に座っていたものだ。ある日彼女が三日ぐらい返却が遅れた本を持っていき、遅れてると思いますのでよろしくと言ったところ、彼はいきなりボールペンを放りだし、赤い顔をしていきりたった。よろしくよろしくって、そんなの全部聞いてやってたらどうなる？　遅れるたびにいちいちよろしくって、延滞料いくらだと思ってるんだ、いったい俺にどうやって食ってけっていうんだ？　最近の奴らはみんな厚かましいにもほどが……あんまりだぞ！　耳たぶまで赤くして彼女をにらみつける彼に、違います、よろしくっていうのは延滞料の計算をお願いしますって意味で……と説明することもできずに店を出た彼女は、あんまりだぞ、と思った。彼女はもうその店に行かず、店主はやがて商売をやめて月村を離れた。

レンタルビデオ店が出たあとには不動産屋が入り、その隣に一軒、一つとばしてもう一軒不動産屋ができ、なんでまたこんなにと思うほど不動産屋ができ、ほんと、いつのまにこんなことになったんだろと彼女は思った。あるときから急に不動産屋が増え、前を見ても不動産、横を見ても不動産、振り向いても不動産、通りが不動産屋だらけになったかと思うとこんどは……レンタルビデオ店のあとに入った不動産屋が商売をやめて出ていき、最後には携帯電話ショップになったよね、と彼女は思い返した。携帯電話ショップは「いつも最低価格」「この町でいちばんの安さ」「これ以上何をお望みですか?」などと書いた紙を窓にべたべた貼り、しばらくすると、空気を入れてふくらませた風船看板を揚げ、ＬＥＤライトの照明を設置し、外向けのスピーカーも二台設置して音楽をかけはじめた。

彼女はそのころ失業保険をもらいながら家にいたので、その音楽から直撃をくらった。ズン、タン、ズン、タン、ズン、タン、ドン、タッ、ドン、タッという音。騒音。音楽ではない、騒音だ。アイドルグループの最新ナンバーで、その中には彼女がいいなと思っていた曲もあったが、がまんできなかった。際限なくくり返されるその音楽は、誰かのプレイリストだったから。誰かの趣味で並べられたプレイリスト。彼女が家の窓ぎわに立つと、むかいの建物の一階の携帯ショップで働いている人たちが全員見えたが、ひまそうに座ってコンピュータの画面を見ている男が二人、女が一人だった。プレイリストはそのうちの誰かの趣味で、彼女は自分の家にいながら否応なくそれを聞かされるのがものすごくしゃくにさわった。

特別に流行(はや)りの曲が何度も何度も反復されることもあったが、彼女にはそれを遮断する手立てがない。布団に頭をつっこんでも聞こえるし、バスルームに入ってドアを閉めても聞こえる。それは音というより空気の振動であり、外壁と内壁の振動として迫ってきて、家という空間自体をズン、タン、ズン、タンと揺るがすので、その空間にとじこめられた彼女の体も揺さぶられるしかないのだった。彼女は二か月、とくに理由もないのに微熱が続いた。これは騒音のせいだと彼女は信じ、公共機関に相談してみたのだが、一応受けつけてくれただけだった。どうやってもあれを止めることのできる理由はないのである。彼女はそのとき自分が階級的人間であることと、自分の属している階級を知った。こういうことだったんだな。隣人の趣味を遮断する手段がないということ。階級とはそういうもので、自分はそういう階級なんだ。だって……だって、もっとお金がたくさんあればもっといい家に住めるんだから。もっといい家に住むというのは、もっといい通り沿いやもっといい町に住むということで、もっといい町というのは、近隣の人の出す騒音と趣味を遮断する手段がある町ということだから。そういう町ではおたがい干渉したりされたりすることがないから、人の表情も穏やかで、あんまりだぞなんて叫んだり、過剰に親切そうにふるまったりすることもないだろうし、ずっと続く騒音に悩むこともないだろう。そんな世界はいいだろうな。私にも権利があるはずだ。人に悩まされずにすむ権利が。

たとえば行商人とか、訪問販売とか勧誘とか、拡声器の騒音、携帯ショップの容赦ないプレイリスト、人が落ちぶれていく姿、そういうものたちからの解放……解放というより、遮断する権利……そういう権利が存在し、それは私にも確かにあるはずなのに、それを確実に実現させようとしたらお金を持っていなくちゃならない。お金があってはじめて、その権利があるといえる階級に入れるんだ。でも私はそうじゃない。いま現在そうじゃないし、たぶん死ぬときもそうではない。そうだ、そういうことなんだ。私の階級は手段なき階級……その家で彼女は、否応なく階級に属している階級的人間である私、について考えるに至った。


だけど、この家はよかった。静かなのがいい。

家を探して回っていたとき、彼女にとっていちばん重要な条件はそのことだった。静かであること。最初この家を見に来たとき、彼女はほかのことはほとんどどうでもよく、その一点だけに注目していた。西陽がいちばん強い時間帯で、窓は全部閉まっていた。彼女は明るい壁を眺めながらリビングに立っていた。あんまり静かなので、黄色い水たまりに浸かっているような気がした。耳が詰まった感じがするほど何の音もせず、それがよかった。

彼女が入る直前までここには老人が一人で住んでいたが、彼女は家を見に来たときその人に会った。同行した仲介業者がブザーを押しても返事がなかった。鍵でドアを開けて入ると、老人がランニングシャツ姿でリビングのすみで食事をしている。縁が凹んだステンレスのお膳に、ごはんと麦茶とキムチ一皿をのせて食べていた彼は訪問者を見て驚きもせず、ただ不快でめんどうだというように眉間にしわを寄せた。背が高くてやせた老人だった。彼はこの家で五年暮らしているが、五年間小さい寝室一つを使っただけで、ほかのところはぜんぜん使っていないと言った。使っていなかった部屋には銅の装飾がついた木製家具が三、四個置いてあり、床は埃でおおわれて黒っぽくてかっていた。リビングと台所の床も同じだったが、彼女がよく見ると、玄関から老人の寝室までは狭い道がついていた。山の中でけものが毎日行き来するやぶにひとりでに道ができるように、老人が足を引きずって行き来した痕跡で、そこだけに床材本来の明るい色が現れていた。

彼女はそれまでこんな光景を見たことがなかったのでびっくりし、見なかったふりをした。老人がこの家で死んでも誰も気づかなかっただろうと、いま、ここで彼女は思う。老衰で死のうと、自殺しようと、事故で死のうと、彼の死体は彼に何かを請求し、それを受け取ろうとする人たちによって発見されただろう。延滞金のために呼び出される人たち。老人はたぶんそういう人として生きてきて、死後何か月めかに死んだ状態で発見されたとニュースに出るような人で、これからもそういう人として生きていくのだろうと、彼女は考えた。

契約を結ぶときには老人は現れず、大家だけが一人でやってきた。大家は礼儀正しい人だったよね……と彼女は考え続けた。礼儀正しいふりをしている奴ということだ。五年間老人が一人で住んでいた家には、彼の匂いがしみついていた。窓をがっちり閉めきって暮らしていたので、たまった埃とこもった空気とで壁が黄色く固まっており、床にもしみがあった。契約書に印鑑を押す直前に、床と壁紙の貼り替えをすべきだという話が出ると、大家は、そうですねえ……どうしても貼り替えるべきってほどじゃない気がしますが……自分としては、それって資源の無駄遣いじゃないかと……と言って舌打ちをした。チョンセ[*3]ではなく月割りで家賃を払う人の入居時に壁紙などを新しくするのは大家さんの慣行になっていると不動産屋が言うと、そういうの全部資源の無駄遣いだけどね……と、ひどく不平そうな表情だった。彼女は口をつぐんで彼を見やった。自分もたいへんなので譲歩してくれないかと言われたらむしろ妥協してあ

＊3　【チョンセ】韓国独特の不動産賃貸方式。入居時に多額の保証金を預けると毎月の家賃は不要で、退去時に保証金は返金される。

げないでもなかったのに、と思いながら彼を眺めた。

何なんだろ、こういうのって。みんな、なんで人にこんなことして平気なのかしら。ともあれこの日の契約では、壁紙は貼り替えてくれるという結論が出たのだが、いざ引越しの日になって空になった家に来てみると、約束は一部しか実行されていなかった。老人が五年間暮らした部屋は壁紙も床もそのままだった。ばさばさに乾いた壁には丸い跡が残っており、その場所に老人がいつも頭をくっつけていたからだと思われた。黄色っぽい、明るい色の油じみ。そこに頭をつけて老人はいったい何を見ていたのだろう。この部屋にはテレビもなかったのに……そのむかいには壁をくりぬいた壁棚[*4]があるだけだ。角部屋で部屋の形がゆがんでいるが、三方の壁がその壁棚から発生して伸びてきたように見える。というのは、その壁一面が壁棚だからだ。二つの扉のある細長いくぼみ。

彼女は老人と同じように壁を背にして立ってそれを見ていたが、お棺みたいだと思った。そう思いはじめるとそれはお棺以外に見えず、絶対に、お棺だった。人間が一人か二人入れるお棺。彼女はその部屋にこまごまとした荷物を入れ、老人が使っていなかった部屋にベッドを置いて暮らしていた。ところで……と彼女は思う。ところで妙なもので、自分は正当に家賃を払ってここに引越してきただけなのに、老人を追い出したという気がする……ここを出たあと老人はたぶんもっと悪い場所に移っただろう……よくわからないがそう思える。違うかもしれないが、ほかのどんな可能性よりもその方がリアルに思えたし、それが唯一の可能性のように思えた。それは私のせいなのか。彼女は布団を足で蹴って寝返りを打った。老人には部屋を借り続ける能力がなく、私にはそれがあっただけ……ただそれだけ。万事、それだけ。

　ふっと眠りかけたとき彼女は、上の階の人が引越していく夢を見た。小さなトラックにロープで縛った荷物が積んであり、犬が三匹いた。トラックの荷台に乗せられた大きな白い犬たち。こちらを見て犬たちが吠えた。ホッ、ホッ、ホッ、ホッ。

　ホッ、ホッ？

　大きく口を開けて猛烈に吠えているのに、そんな声しか出ないのだ。ホッ、ホッ、ホッ。彼女は前に声帯を失った犬を見たことがあったが、その犬たちがこんな声で吠えていたのを夢の中で思い出した。それでああなのか。だから聞こえなかったんだ。犬たちはしょげたように口を閉じ、彼女を見た。

　犬たちがまたホッ、ホッと吠えはじめたとき、ベランダを眺めているところで彼女は目が覚めた。まだ夜で、ほんのちょっと時間がたっただけだった。ベッドを置いた

＊4　【壁棚】　壁龕（へきがん）といい、韓国の家にある装飾形式の一つで、壁をくりぬいて物を飾ったりする。

部屋にはベランダに通じる大きなガラス戸があり、外から映りこむ街灯の明かりでそれが赤く見える。ガラス戸ごしに見えるベランダの窓に、隣家の柿の木の影が映っていた。彼女はベランダに誰かいるのではと不安になり、怖かった。怪しい者が立っていたり動いてないかとベランダを注意深く見ながら思った。私、ドアの鍵を閉めたかな。窓は全部閉めただろうか。チェーンは全部かけてあるか。この家は窓と出入り口が離れているから、もっと頑丈で完璧で徹底した鍵をつけなくちゃ。ああもう、早く寝なくちゃいけないのに……明日……明日のために早く……

彼女は金融業界の下請けで電話オペレーターをしており、仕事は延滞金の督促だった。クレジットカードを使っておいて毎月の返済額を返さない人たちや、限度額の上限まで借りてしまって返さない人たちがおり、そんな人たちに電話で連絡をとるのは容易ではない。やっとのことで電話がつながると、ないものをどうしろってんだとか、ないから借りたんだ、あれば借りねーよとか、とんでもない理由で怒りだす。彼女は彼らお客さまを相手に、お金がないなら使わなきゃいいだけなのにどうして使うのさとか、好きで借りといてなぜ返せと言うと怒鳴るのでしょうかお客さまなどと言えるわけはなく、どこまでも親切に対応した。なぜかというと、やかましくとりたてるより、親切に督促した方が人間的な面に訴えるので集金がうまくいくという業界の調査結果があったからで――それで優しく催促していたのである。

債務者たちは最後にはたいがい、明日払いますから明日、と答えるのだが、そうはならないことがほとんどで、そんなニュアンスを含む「明日」を日に何度も聞かされると、「明日」というのがいちばん恥知らずで、うそっぽいことばのように思えてくる。昨日……昨日もそうだった。昨日も、明日、明日と言う人たちが何十人もいたから、明日……夜が明けたら彼女は彼らにまた電話をし、優しく催促しなくてはならない。

おととい……と彼女は考え続けた。

おとといは、隣の隣の席の先輩オペレーターの契約が終了する日だった。期間満了解約。ほんとにねえ法律が変わっちゃったもんだから……こういうのってこっちも困っちゃうんだよね……慣れてくれて、任せられるようになるとやめてもらわなきゃならないんだから……って部長が言ってたっけ。ほんとうに心から困ってて、申し訳なくて、あなたの苦痛に共感していますというように言ったっけ。あんな言い方しなけりゃいいのに。だって、そうじゃないんだから。違うんだから、あんな言い方しない方がまし。でもあの人はそうはしなかったな。サイテーな奴……お客さまみたいな奴……先輩がうつむいて自分の席に戻っていったとき彼女は、先輩のいまいるところから自分までの距離を考えないわけにいかなかった。ひどいと、思った。ひどいな……そこまでだ。そこから先は崖だから。

あんたも私みたいな立場に置かれたと思ってみなさいよ……

昨日……先輩は彼女をむかいに座らせて酒を飲みながらそう言い、彼女は黙って聞いた。一度想像してみてよ、と言うのを何の感情もなく、いや、じつはちょっと不愉快な気持ちで聞きながらじっとしていた。そのすぐ隣のテーブルでは男どもが冷めた肉を前にして携帯で動画を見ながら、パッパパッ、と叫んでいる女の子のうち誰がCカップで誰がDカップか言い争っていた。その中の一人が携帯を一人占めして、それを見ながらチュッ、チュッと歯をせせりはじめた。

夜がふけていった。

ドシンという音を聞いて彼女はふたたび目を覚ました。はじめ彼女は、誰かが金づちを階段に振りおろしながら上ってくるのかと思った。金づちか、鉄の玉みたいなものでドン、ドン、ドンと力いっぱい床をたたいているような音で、いやもう彼女のベッドが振動で揺れるほど。この真夜中に、と暗闇の中で彼女は目をいっぱいに見開き、それが誰かの靴音だと気づいた。一人ではない。かかとが厚くて固い、ブーツみたいなものをはいた女たちが階段を上りながら笑い、息をきらし、咳をし、騒いでいた。少なくとも三人はいる。上の階のどこかでドアが開く音がして、彼女はその女たちがすぐに中に入ってドアを閉めることを願ったが、しばらくたってもそんな気配はなく、ドアの外で騒いでいるらしい話し声と笑い声が続いた。ねえ……ちょっとそれしまってさ……私にもちょーだいそれ……ああ気持ちいいー……それであの子が何て言ったと思う、ああもーほんとに……彼女はベッドから足をおろし、座って天井を眺めた。ドン、ドン、ドン、ドンと誰かが床をたたきながら彼女の天井を横切った。にゃがにゃがにゃがにゃが、と誰かが言う声も聞こえてきた。

にゃがにゃがにゃが？

正確に聞き取れたわけではない。彼女はベッドの角に手でつかまっていたが、リビングに出た。暗いリビングに立って、ドアを見た。ほかの人たちは……この建物に住んでるほかの人たちは何やってんだろう。あんな騒ぎになんでみんな黙っているんだろう。もう一度ドシンという音が聞こえたとき、彼女はドアを開けた。何かを焼いている匂いがした。階段の上の方に明かりがついていて、煙がこもっている。彼女はためらったが階段を上っていった。すぐ上の家だ。女の子たち、二十代はじめの子どもっぽい女の子たちがドアを開けっ放しにして、リビングで肉を焼いていた。電気プレートで脂がはねる音がして、室内には煙が充満している。彼女の家と同じく、生活感があまりない殺風景なリビングだった。彼女が階段に立ち、その家の玄関に転がっている靴やショートブーツを黙って見ていると、女の子たちは彼女に気づいて振り向いた。静かにしてちょうだいと、彼女は言った。

もう遅いんだから。

はい、はい。

はしで電気プレートの肉をつまんではひっくり返していた女の子が、すみませんと叫んだ。すみません、ではなく、すみませーーーーん、と長く伸ばした言い方だ。彼女はそう答えた子をじっと見て、小声で言った。階段に響くから音が大きく聞こえるのよ、実際より大きくね。

はい、すみません。

それと……

それと……と彼女はその家のリビングをのぞき見ながら訊いた。

犬は？

犬ですか？

犬。

誰の犬？

このうち、犬、いないの？

犬？

その子と、その子のいちばん近くにいた子が顔を変な感じに曲げて一同を振り向いた。頭おかしいわ……というように仲間どうし目くばせをする。いませんけど、犬……

　彼女がその家を出て最初の踊り場までおりたとき、上でバシーンとドアが閉まった。ちょっとやだぁ、やだぁ……と何かをたたいて騒ぐ笑い声が聞こえてきた。やだぁもう……それは自分を笑い者にしているみたいで、いや、絶対そうだと思ったので、彼女は踊り場に立ったまま閉じているドアをにらんだ。戻ってもう一度ノックしようか？　いま何て言ったのって問い詰めてみようか？　犬……犬はいないだって？　ほんとはあの子たち、犬を隠してるんじゃないかしら。人をビョーキ扱いして、犬、いるくせに、いないとか言って……笑顔で人を侮辱してビョーキ扱いしやがって。彼女は背中がぞくぞくするのを感じながら自分の家に戻り、しばらく立っていたが、声が続いているのを確認するとまた上っていった。ピンポン、ピンポン。ブザーを押すと女の子の一人が嫌そうな顔でドアを開け、彼女はまた、もう遅いじゃないのと言った。はい、はい。

　すみませーーーーん。

　彼女は身をひるがえして階段をおりていったが、こんどはドアが閉まるより先にきゃあきゃあ言う笑い声が聞こえてきた。あのバカ女ども……彼女は家に入ってドアノブをつかんだまま立っていたが、また上っていってブザーをぐーっと押した。しかめっ面の女の子がドアを開け、彼女が口を開く前に、わかりましたからと言った。でもねえ、こんな遅い時間に人の家のブザー鳴らして失礼だって思わないんですか？

最近って、と彼女は思った。

なんでこんなことばっかり起きるんだろう。なんでこんなに耐えられないことばっかり。みんなこんなこと、どうやってがまんしてるんだろう。それより私、いままでどうやって耐えてきたんだろう？　何だか、完全に要領を失ってしまったみたいな気がするんだけど……

彼女はベッドに横になり、暗い天井を眺めた。肉を焼く匂いが彼女の部屋に充満し、煙も少しおりてきているようだった。にゃがにゃがにゃが、と大声で騒ぐ声はもう聞こえてこなかったが、慰めにはならない。彼女は胸に手を当てた。彼女が疲れきって目を閉じたとき、ピンポン、とブザーが鳴った。

二回めのブザーが聞こえてくるまで彼女は目をつぶっていたが、ベッドから飛び出してリビングに出ていった。自動的に点灯する電気のために室内は青っぽく照らされていた。三回めのブザーが鳴り、彼女はインターフォンの画面の中に誰かの広いおでこと、急いで階段を上っていくうしろ姿を見た。やだぁ、やだぁ……笑い声が聞こえてきて、上のどこかでバッシーン、とドアが閉まった。彼女はインターフォンの画面に浮かび上がった人気のない階段と、ステンレスの手すりを見ていたが、インターフォンにつながっているコードを引き抜いた。リビングが暗くなり、静かになった。何なのよこれ……と彼女は思った。なんでこんなことしなくちゃいけないの。なんでみんな、こんなことするの。いったいあいつら、私になんで……

私は、ずーっと、誰にも、誰にも、何にも、迷惑かけたことのない人間なのに。

にゃがにゃがにゃが。

ドン。

ドン。

ドン、と頭の上から地団太を踏むような音が聞こえてきて、それがくり返された。

彼女はしばらくつっ立っていたが、いちばん手近にあるものからひっつかんで天井に投げつけた。暗闇の中、何を投げてるのかもわからないままリビングからキッチンへ、キッチンから寝室へ行ったり来たりしながら、靴、カレンダー、箱、本、カップ、さじ、はしと手あたりしだいに、そしてまた杓子(しゃくし)、椅子、皿、ゴミ箱、トースター、本、本をもう何冊か、枕、超乾燥肌用クリーム（大容量）、小引き出し、バッグ、財布、辞書、その他、その他、その他……。冗談みたい？　と彼女は天井にむかって言った。これ全部、冗談だと思ってんでしょ？　私が頭おかしいと思ってんでしょ？　ほんとに頭がおかしくなるような話、してやろうか？　じいさんが前、ここに住んでたんだよ？　でもいまはどこ行っちゃったかわかんない。私もわかんないし、もしかしたらその人もわかってないかもね。私はそのじいさんよりましだったけど、いまの私とその人のあいだには何もない。何もないんだから、いつだって私、そのじいさんがいたところにずるずる滑っていくと思う。あの人との距離を最大限に保てるのはお金だけだけど、私、お金ないもん。やんなっちゃうけど、いまお金ないし、ひょっとすると永遠にないんだもん。だからまあ、手段がないのよ私には。私の未来なんてあっさりあのじいさんみたいに……なるはず。そんな予感がするし、予知もできるぐらい、そんなときにあんたらみたいな人間に苦しめられてさ……あんたらみたいなお隣さんに悩まされてさ……そうやってずーっと……生きてくんだ。あんたら、自分は違うと思ってんでしょ？　違うと思ってるし、実際違ってる感じがするんでしょ？　だけどねあんたらと私、何も違わないんだよ、完全にいっしょだよ、おたがいがおたがいのお客さまなのさ、そうやって苦しめ合うのさ、一生、百パーセントのお客さまなんかでいられないくせに。こういうの私、怖いし、嫌でしょうがないんだよ、なのにあんたらにはこれがぜーんぶ冗談みたいで、あたしだけが狂ってると思って、おかしいんでしょ？　笑いな、おかしいなら笑ってな。おかしかったら笑えばいい、ずーっと笑ってたらいいわ、ずーっと笑ってな、もっともっと、笑ってみな。

　ついに彼女が息をきらし、腕をだらりと垂らしたとき、あたりは別の日の夜のように静まり返っていた。彼女はものが散乱する中に立ち尽くしていたが、寝なきゃ、と思った。早く寝なきゃ……と思いながらベッドに這い上がると、目を閉じた。

また目を覚ましたとき、部屋はものすごく暗かった。ベランダから漏れてくる光も消え、まっ暗だった。彼女はブザーの音を聞いたと思い、起きて座った。足に何かが触れ、電気をつけようとしたが、電気のスイッチが見つからない。まっ暗な壁をあちこち手探りしてみたが、いつもスイッチがある場所にそれがなく、暗すぎて、いつもあった場所自体、見当もつかなかった。彼女は壁づたいにリビングに出た。インターフォンに電気がついており、その光でリビングが照らされている。私、あれ消さなかったっけ、違ったっけ。彼女はためらい、それに背をむけてドアの方へそろそろと歩いていった。音を立てずに近づき、顔をつけてみた。何も聞こえない。彼女は試しに、どちらさま、と訊いてみた。意外にも答える声がしたが、何と言ってるのか聞き取れない。彼女は鍵穴にぴったり耳をつけて、どちらさまともう一度訊いた。とても近いところで、誰かが答えた。

下の階のもんだよ、このクソ女。

誰も行ったことがない

誰も……こんなに長くかかるとは言わなかったのにな。彼は狭い座席でもう一度身をよじった。はずしておいた安全ベルトのバックルが尻の左側を突く。彼は尻の下を手さぐりして、バックルを引き出した。平べったくて固い金属が彼の体温であたたまっている。こんなものを尻に敷いて、いままで気づかなかったとは。耳が詰まり、唾を飲みこむ。気圧で聴覚が鈍くなると他の感覚も鈍くなるらしい。妻は毛布にくるまったまま、前の座席の裏についたスクリーンで映画を見ている。ヨーロッパに向かうところだった。乗り換え待ちの時間を除いても十一時間のフライトだ。覚悟はしていたがほんとに、こんなに長く感じられるなんて。飛行機はモンゴルとロシアの国境近くを飛んでいた。彼は時間つぶしに映画を見ながら、ときどき画面の下に出ている再生時間を確認し、残りのフライト時間を計算した。三十分ぐらいたっただろうと思って確認しても、ようやく五分か六分過ぎただけなのだ。時間の流れ方、時間の過ごし方が地上とは違うような感じがする。ひょっとして上空では、と彼は考えた。こんなに高度のあるところでは時間がちょっと違う流れ方をするのかもしれない……しかも、時間は逆走しているんじゃないだろうか。いまこのときにも過去に向かって……とくに、夜には。

彼はときどき立ち上がって、トイレと座席のあいだに仕切りとして設けられた空間に歩いていき、伸びをしたり深呼吸したりしてから座席に戻った。彼が見たところ、妻は彼より楽にフライトに耐えているようだった。小さな体で座席にすっぽり埋もれるように座って映画を見ているし、ネックピローを首に当てて睡眠もちゃんととっている。乗務員に頼んでワインも飲んだ。彼は映画をもう一本選び、背もたれによりかかった。エンジンの騒音と気圧でぼうっとしたまま、映画を見た。子どもがたくさん出てくる映画だ。大人は一人も出てこなくて、映画の中の子どもたちもそれをふしぎがっていた——ここには僕たちしかいないんだな。どうしてだろう？　頭を左に向けると妻が泣いているのが見えた。イヤホンを耳にはめたまま身じろぎもせずスクリーンを眺めているが、頰が涙で光っている。視界が狭いので彼の席からは彼女のスクリーンは見えない。

彼は彼女を放っておいた。彼女にはそういうふうになるときがあるけれど、じきに立ち直るのだった。やがて彼女は泣きやみ、乗務員が通りかかると小袋に入ったプレッツェルをもう一袋持ってきてくれと言った。彼は、妻が袋を開けて親指と人差し指でその中を探り、塩をまぶした菓子をつまんでは口に運び、噛む音を聞いた。首を少し動かし、ネックピローの位置を調節した。どうやっても楽な姿勢がとれない。胸がまた締めつけられる。映画の中の子どもたちは、朝になると開き、夜には閉まる迷路に足を踏み入れていた。

彼らはヘルシンキでおり、飛行機を乗り換えなくてはならなかった。ワルシャワからヨーロッパに入り、クラクフとプラハを経てベルリンまで行き、そこから帰国する予定だった。旅行を計画しているとき彼は世界地図を一枚買い、リビングの壁に貼り、旅程に沿って各都市を結ぶ線をサインペンで引いた。ベルリンまでつなげてみるとお椀のような形になり、笑った口みたいにも見えると妻が言った。

はじめての海外旅行だ。前の季節にいきなり決めたのだが、二人はまるでずっと前から考えていたことみたいに、この旅行を一息で決心してしまった。決定的なきっかけはたぶん、彼女だった。彼女が消えた。スモッグや暑さのせいだったともいえる。店を閉めて家に歩いて戻る途中、彼は夜道に立って待っていたが、来た道を引き返した。何気なく通り過ぎた旅行社の中に妻がいるのが見えた。折りたたみ式の椅子に座って、旅行商品の説明を聞いている。左腕を椅子の外に垂らし、放心した表情で。彼はその横に適当に座り、それから彼女を連れて店を出た。なんであそこに入ったんだと尋ねると、え？　という調子で、暑かったからと答えた。何日か続いた熱帯夜で空気は濁っていた。夜霧には朱色や黄緑や黄色の粒子が混ざっているように見えた。彼女はそれを人々の息のせいにし、はっきりは言わなかったがうんざりしきっていた。彼は彼女の顔を注意深く見た。四十五歳。旅行したいかと訊くと、したいと答えた。

　彼らは旅行社からもらってきたパンフレットをよくよく見て、入国地と出国地を選んだ。それからまた旅行社に行った。都市から都市への移動はどうやるのか。鉄道はどう予約するのか。宿泊はどこでするのがよいか。何度も旅行社に行き、手数料を払い、説明を聞き、ルートを少しずつ修正した。四か月後、彼らはしっかりと荷造りしたキャリーバッグを引いて家から出た。二人ともウールのコートを着ていた。十一月だった。彼が戸締まりを確認するあいだ、彼女は白い息を吐きながら立っていたが、マフラーは巻いていなかった。大丈夫かな？　鍵、コンセント、窓……大丈夫だね。彼らは少しとまどいながら歩きだした。彼女のキャリーバッグには、まっすぐにしか進めない前輪と、自由に方向変換できる後輪がついていた。バッグがしょっちゅう回転しそうになって彼女は手を焼き、そのたびに彼は立ち止まって待った。彼女はすぐに上手になった。彼のバッグには書類が入っていた。航空券、夜行列車の予約証、ホテルのバウチャー……彼は書類を何枚もコピーして彼女のバッグのあちこちについているポケットの中にも入れておいた。

ヘルシンキに到着する前にもう一度機内食を食べた。案内放送で窓のスクリーンを上げろという指示が出た。ヘルシンキは夕刻だった。彼は着陸直前に平原を見、そこをうねりながら流れてゆく黄金色の川を見た。北半球の針葉樹が夕焼けに浸っていた。飛行機が左右に揺れ、滑走路に向かって下降していった。

ワルシャワの空港に到着したときはもう夜だった。彼らは予約しておいた宿の近くまで電車に乗っていった。中央駅の地上に出る古い階段の上にバッグをひっぱり上げた。方向の見当もつかず、しばらく立っていた。明かりの消えたソウル駅広場を連想させる場所だ。広い道路、広い平地にぎこちなく建っているビル群。商店はもう閉まっており、街灯の明かりはかすかだ。落書きでいっぱいの壁を背にして立った若者たちが彼らを見ている。彼は彼女のバッグを持ってやり、彼女のすぐそばを歩くことにした。その時間、その町でキャリーバッグを引きずって歩いているのは彼らだけで、東洋人も彼らだけだった。彼はその点に注意したのだ。

彼らが泊まるホテルは大通り沿いにあった。ロビーでキーを受け取り、部屋に上がっていった。安ホテルを利用する人たち特有の匂いがしみついた、古びた部屋だ。家具はラッカーの塗りがはげており、壁紙は古くて色あせている。ＬＧ社製のテレビがあった。他の階にもっといい部屋があることははっきりしていたが、彼と彼女はとても疲れていたので、すぐに寝ることにした。ドアの前に靴を脱いでおいた。空のバスタブに立って体をぶつけながらシャワーを使った。彼は口をすすごうとして水を一口含み、すぐに吐き出した。塩辛くて生臭い。彼女は気にせず、何度も水を口に含んではすすいだ。彼女がまずシャワーを終えて出た。彼が出てみると、彼女はバスローブを着たまま横になっていた。ベッドのまわりには赤い地に黒い模様のあるカーペットが敷いてあったが、浴室から出てきた彼がその上を裸足で歩くと、何か固い種のようなものが足の裏にくっついた。彼は片足を上げて立ち、しかめっつらで足の裏を調べてみた。彼女がいびきをかいている。彼も横になった。スープの匂いがしみついた枕カバーに頬を当て、目をつぶった。

いっしょに旅行したことはあまりなかった。全部合わせても五回か六回。最初は済州島（チェジュド）への新婚旅行だった。二回めは彼が勤めていた会社の家族旅行で、渓谷に行ったときだ。旅行というより、日帰りのお出かけに近かった。そのときは彼らに子どもがいた。十六年前で、子どもは五歳だった。彼女は子どもに袖なしのシャツと半ズボンを着せていた。左の胸にキリンのアップリケがついていて、半ズボンは裾を二回折ってはくものだった。子どもは靴下なしで青いサンダルをはいていたが、それをはいたままで小川に入り、流れに逆らって歩いたため、その夏が終わる前にサンダルはいたんではけなくなってしまった。日なたはとても暑かったので、大人たちも子どもたちも日よけの下でごはんを食べ、遊んだ。彼も彼女もよく憶えていない誰かが、たぶん営業チームの誰かだったのだろうが、スプーンにアルミホイルを巻いてマイクを作り、彼らの子がそれをひったくってしげしげと見た。帰りの車の中で彼女は子どもにお目玉をくらわせた。大人の前で行儀の悪いことをして親に恥をかかせたと言って厳しく叱ったのだ。そのことを彼女はしょっちゅう思い出した。後悔だった。

それぞれが準備してきた食べものをたらふく飲み食いして一日を過ごした。子どもたちの手足は六時間もたたないうちに日に焼けた。二歳から十一歳まで、もじもじしたりむこう見ずだったり人見知りしたり、ぶかっこうだったり元気な声を上げたり鼻をすったり、それぞれに譲れないことがあって意地を張ったりしながら、一団になって遊んでいた子どもたち。家に帰る時間になると、子どもたちを一か所に集めて数を数えた。一、二、三、四、五、六……その中のある子は大学を出て、ある子は母親になり、別のある子は父親になった。二十五人のうち彼らの子だけが大人になれなかった。事実はそれとは違っていたかもしれないが、彼と彼女はそう考えていた。うちの子だけが、大人になれなかったと。

彼と彼女と子どもの三人でハイキングに行ったこともあった。弁当とタオルを持って渓谷に行った。小さな滝を見つけた。大きな岩があり岩陰があった。滝つぼのそばの水は青緑色をしていた。彼がまず水に入り、子どもが入った。彼女も入ったが、頭までつけることはできなかった。水が冷たかったのだ。彼女は水の中に立っていたが外に出た。寒気がしたので日なたに座った。流れで梳(くしけず)られたようにきれいさっぱりとした子どもが水の外に出てきた。平たい大きな岩に上って、また水に飛びこむ。子どもはかなり泳ぎがうまかった。水が好きだった。子どもの体が水に沈んで浮き上がり、か細い腕が水をかくようにゆっくりと揺れた。彼は水の中に立ち、滝の方を眺めていた。彼女は日なたの岩に腰かけて父娘を見ていた。岩はとても熱くて、濡れた足で歩いた跡がすぐに乾いて消えてしまう。そのとき子どもは七歳、十四年前のことだ。

　彼は静まり返った中で目を覚ました。暗幕のカーテンが開いていたので、もう明るいのがわかった。窓とドアはしっかり閉まっており、部屋は埃(ほこり)だらけだった。日光で見るとカーペットはさらに古く薄汚く見えた。彼はベッドの端に腰かけてカーペットに置いた両足を見おろしていたが、ホテルの電話で国際電話をかけてみた。メモしておいた通りに番号を押し、着信音を待った。店を任せてきた義弟に到着を知らせ、ようすを聞いた。義弟が言った――兄さん、韓国がつぶれた。

　韓国政府は経済主権を喪失した。昨夜、彼と彼女が三万フィート上空にいたとき、韓国政府は莫大な借金を背負うことを決定し、経済主権を国際通貨基金に委ねた。大規模なリストラが行われるだろう。彼は出鼻をくじかれ、ことばを失って義弟の話を聞いた。どうしたの？　と妻が訊いた。彼は、彼女の弟に聞いたニュースを教えてやった。彼女は上体を起こし、ベッドの背もたれによりかかった。バスローブの前がはだけて平たい胸があらわになっている。それじゃこれからどうなるのと、彼女は尋ねた。彼はめんくらったまま、首を横に振った。正直に答えた――わからない。国際……通貨……基金。それが何なのかも知らないのに。

彼らはホテルの地下におりて朝食をとった。彼ら以外にも東洋人がいた。日本語、中国語、英語で話す人たちのあいだに座り、黙ってジュースを飲みパンにバターを塗った。韓国人は彼らだけだった。お金を節約しなくちゃいけないかしら？　旅行は、続けるでしょ？　部屋に戻ってからはなんとなく萎縮して座っていたが、昼ごろホテルを出た。昨夜彼らがキャリーバッグを引いてきた方向を背にして歩いていった。広く、まっすぐで清潔だが、さびれた感じのする通りだ。現代的な建物のあいだに、すすけた壁の古い建物が残っている。世界大戦の廃墟はまだ復旧作業中みたいだなと、彼は思った。

旧市街地の広場を目指して行く途中で、ユダヤ人の商人がやっているおもちゃ屋に寄った。彼女が腰をかがめて小さなオルゴールの取っ手を回した。百個以上のオルゴールがあり、それぞれのシリンダーにそれぞれの楽譜に応じて突起が突き出ている。九個めのオルゴールを聞き終え、十個めに手を伸ばす前に彼は彼女のひじをつかんで止めた。旧市街の広場のすぐそばだった。広場の建物は色とりどりで、観光客がその有名な建物を背景に写真を撮っていた。

広場には馬が引く馬車があり、レールではなくタイヤのついた車輪で走る有蓋（ゆうがい）列車があった。彼と彼女は定刻に切符を買って列車に乗った。ゲットーの境界線とマリー・キュリー博物館の前を通った。列車の座席は金属製でクッションがまったくなくて固く、乗客のお尻を乱暴にはね上がらせる。牛乳屋のトラックと小競り合いになって交差点でしばらく停まっていたとき、おりようと彼女が言った。彼らはすべすべした石が敷かれた道におりたち、カフェテラスを通り過ぎて陶器の店に入った。彼女は青い絵の具で蔓（つる）と果物を描いた陶器を見回し、小さなカップを棚から手にとってはもとに戻した。彼は彼女のあとをついて回り、外に出て待った。彼女が手ぶらで店から出てきた。そのときになって彼らは、自分たちがどこにいるのか確かめようとあたりを見回した。列車に乗った広場まで戻ろうとしたら、来た方向に行くしかないと思われた。彼らは歩き出した。

昔の城壁のそばで彼らはレストランに入った。スープとじゃがいもを添えたビーフステーキを注文した。テーブルには手編みらしいレースのテーブルクロスがかけてあり、深紅に塗った壁には写真とポスターを入れた額がかけてあった。新聞記事のスクラップが入った額もあった。彼はその中のある記事に見覚えがあった。太い活字で印刷された英語を読んだ。Pathfinder。何か月か前に火星に到達した探査機の名前だ。七か月かけて宇宙を横切り、火星に到達した探査機が送ってきた写真が彼の目の高さにあった。記事の他の部分はポーランド語なので読めなかったが、内容は推測できた。そのことは韓国の新聞でも記事になっていたから。探査機は以後この惑星にとどまり、生命体が存在する可能性を探るだろう。彼の目にはそこが、何かがいたことのある場所に見えた。何かがいたことがあるが、もう立ち去っていなくなった場所。まだ生命が到達していない未知の惑星なんかじゃなくて。彼が振り向くと、彼女もそれを見ていた。彼はレストランを見回した。大きな百合の花をいけた花びんにはきれいな模様が描かれており、天井の古い大梁（おおばり）にも模様があった。彼が仰向いてそれらを見終わったあとも、彼女は壁の記事を見ていた。彼は尋ねた。

何をそんなに見てんだ。

だって、火星だから。

それがどうしたんだよ。

だって、あんなふうになってるのに、行けないんだもの、一生。

火星には行けないよ。

そりゃ私たちはね。

誰も行けないさ。

アメリカは行ったじゃないの、あんな写真も撮って。

アメリカは行ったけどって、誰かが行ったわけじゃないよ。無人なんだから。あそこに行ける人間はまだいないのさ。

前立てに肉汁のしみがついた調理師が自分で皿を持ってきた。厚い手の甲を髪の毛と同じ暗い色の毛が覆っており、爪は丸く切ってあった。調理師は彼女の目を見ながら日本語と英語で言った、キヲツケテ。プレイト・イズ・ホット、ベリベリホット。皿と杯とフォークから生臭い匂いがした。料理はうまかった。彼らは食べた。水のかわりにビールを飲んだ。

彼女の顔が赤くほてってていた。彼女は自転車の話をした。

いつだったかあの子が……すごくあわてて家に電話をかけてきて……話のつじつまが合わなくて……お母ちゃん私も何が何だかわかんないよって言うのを、ちゃんと説明しなさいって叱りつけて、聞いてみたら、自転車のサドルを誰かが持ってったって……なくなってたって言うんだよ……どこにいるのって聞いたらけっこう遠いところまで行ってて……あんな小っちゃい子が……それで、どこどこまでおいでって言って、私がそこまで行ったっけ……

子どもが七歳のときだった。サドルをとられた自転車を引いて停留所一つ分歩いてきた子どもの顔には、涙がにじんでいた。あんまり静かに泣いていたので、彼女は子どものすぐそばまで行ってようやく泣いていることに気づいた。迎えに来てくれた母親を発見した子どもは、自転車を引いて走ってきた。誰がサドルを持ってったのかはわかんないんだよと言い訳のように言う子どもを見おろして、彼女は子どもの頭をぐっと引き寄せた。子どもの頭が熱かった。黒い頭のてっぺんにくっついたいちょうの雄花を払い落としてやった。サドルがあったところには、縦に突き出したパイプが残っているだけだった。サドルのない自転車はこの、手におえない世界そのものみたいに思えたと彼女は言った。どこのバカが持っていったんだか。どこにあるの、サドルは。どこにあるの、世界があの子からごっそりとりあげて持っていったもの、勝手にとりはずして跡形もなく隠してしまったものは。とうとう始まりだって思った……こうやって始まって、この先もこの子はひどいことを経験していくんだ、ってね。傷だらけになっていくのよ。そうやって何度も傷つきながら、だんだんに、無情で、おちついた大人になっていくんだ。そんなこと思ったわ……

彼は聞いているようないないようなふりをした。

何度となく聞いた話だった。

翌日、彼らはまたバッグを引いて中央駅に行った。列車は定時に出発した。やわらかな曲線を描いて続く低い丘を座って眺め、クラクフでおりた。宿までは歩いて移動した。美しい公園があり、それをとりまく建物がこの町の古い来歴をよく物語っている。彼は首都よりこっちの方が好きだと思ったが、それはここには廃墟という印象がなかったからだ。彼女の考えは違っていた。よく見て、と夜の散歩に出たとき彼女は言った。記念品、化粧品、宝石、バス用品とせっけん、ケバブ、サンドイッチ。みんな一階で商売しているだけで、上階には明かりがついていないと彼女は言った。人は住んでないみたい、上の方には。商売はしているけど、みんな店を閉めたらどこかへ行くんじゃない？　もっと夜がふけたら……建物全体が空になっていそう。このへんの建物が全部。

まあな。

あの上の方も、電気、ついてないじゃない。

みんな寝たんだろ。

彼はぶっきらぼうに即答した。彼女がただちに彼の状態を悟って口をつぐむのを、彼は感じた。言い訳も説明も必要ない。一瞬の語調や沈黙、たったひとことで彼らはおたがいの状態を感知する。彼女が小石のように萎縮するのが感じられた。彼は落ちたばかりの木の葉を見おろしながら歩き、くるっと一回転してみせた。コートのポケットに手を入れたまま歩いていっては、またくるっと回った。彼女が吹き出し、彼のコートのポケットに手を入れた。ポケットの中で彼が彼女の手を握った。

彼らがこの都市にいるあいだ、朝晩霧がかかった。彼はのどが腫れた。唾を飲みこむたびにのどの内側に赤く腫れたところがあるのを感じる。息を吸いこむのもつらい。そこを離れてプラハに到着した彼らは、薬局を探した。彼は無愛想にこっちを見ている薬剤師に痛む箇所を説明しようと努力した末に消炎剤をもらった。夜には少しおさまるが、朝になるとまたぶり返す。空気は冷たく、ひどく乾燥している。彼は日に一度カフェに寄り、オレンジとシナモンを入れた熱いワインでのどをなだめた。彼女はマフラーを買って巻いた。前の日に着た服を翌日も着た。どうせコートを着るのだし、ぜんぜん汗をかかないから着替える必要がないと彼女は言ったが、彼がそばに立つと、かすかではあるが明らかに匂っていた。

彼はほとんどいつも神経を尖(とが)らせていた。彼女よりは彼の方が英語が少しうまかったので、会話は全部彼がしなければならない。プラハの人たちはワルシャワやクラクフの人たちより英語がうまかったが、独特のアクセントのせいでよく聞き取れない。彼らは自信たっぷりに早口で話し、聞き取れないと目を伏せる。彼はしだいに萎縮して口ごもり、話すのをやめてしまいたくなった。材料を尋ね、注文し、追加料金が発生するのか、もっと小さいものはないか、なんで注文したものがまだ出てこないのか、こっちで方向は合ってるか、それはどっちにあるのかと訊くことに疲れ、やがてほとんど怖くなった。彼女はすべてを彼にまかせて観光に集中している。旺盛に食べ、好奇心も旺盛だった。どんなすみっこにでも興味を引くものがあればすぐにそっちへ向かう。いきなり道を渡って店のドアを押して入っていき、品物に触る。

彼らは朝早くホテルを出て、日が沈んでから戻ってきた。朝になると食堂におり、のろのろと動く老夫婦のあいだに座って卵とベーコンとパンを食べた。泊まり客の大部分は老人である。彼と彼女は、少なからぬ老夫婦が同じ方向をむいて並んで座ることに気づいた。むかいあって座るのではない。二人は彼らのように並びはしなかったものの、彼らのように黙って食べた。ことばをかわす必要がなかった。彼は、彼女があんまりさっさと食べものを平らげすぎると思ったが、それを口にはしなかった。

一度、彼が彼女を見失った。彼女が彼を放ったらかして行ってしまったのだ。旧市街に出る橋の上でのことだ。そばを歩いていると思ったら、別の人だった。彼は来た道を引き返した。既視感で力が抜けそうになる。彼は道のまん中に立って交通を妨げていた。アクセサリーや小さいおもちゃ、絵を売る人たちや観光客。歩いて川を渡る人々が波のように何度も何度も彼の方へ押し寄せてくる。彼女が現れた。小さな絵を持っていた。画用紙に木炭で百合を描いたものだ。何してんだ、と彼が訊いた。彼女は彼をじろじろ見て答えた。あの子にはがきを出さなくちゃ。だからいったい何してんだよと言いかけて彼はやめ、さっきのは質問じゃないと言うかわりに身をひるがえして大股に歩きだした。

もう一度別のときには、彼が彼女を置き去りにした。チョコレートとキャンディを売っている大きな店で。彼と彼女は工房に設置されたガラス窓ごしに、キャンディの生地を混ぜ、固め、切る工程を見学した。彼女は実物のように作られたチョコレートのペニスや鍵に関心を示し、キャラメルのサンプルを試食した。彼は彼女がやしの実の入れものに入ったこんぺいとうを味見しているところまで見てから、うろうろしたあげく外に出た。店の前に突き出していた車両止めに座って待っていた。地面に置かれた四角い石が陽射しを浴びてひどくきらきらしていた。短靴をはいた少年たちがそれを踏んで通り過ぎていく。しばらく待っても彼女は出てこない。彼女を探して店に入った彼は、レジに続く長い列を発見し、その先頭に妻がいるのを見て驚いた。レジを担当している中年の女性が薄い唇を閉じ、生徒を叱る先生のような表情で妻を見ている。彼はあわてて近づき、一部始終を尋ねた。領収証はいるか、いらないか。中年女性はそれを聞き取れない彼女を立ったままにして恥をかかせたのだった。妻がまっ青な顔で立っているのを見た彼は、胸がどきんとした。領収証を断り、キャラメルの袋とおつりをかき集めるようにしてひっつかみ、店員に言った。ユー・ベター・ビー・カインド……ビー・カインド……

彼らは手をつないだまま急いで通りを歩いていった。建物の上の方の窓が開いて、バルコニーに若い女性が出てきた。すらりとした、ねこみたいに歩く女だ。豊かな黒髪を背中の方に垂らしている。女は部屋にいる誰かに向かって投げキスをしたあと、シャツを頭の上の方まで持ち上げて脱いだ。何も着ていない上半身が現れ、道を歩いていた人々が窓の下に集まって歓声を上げた。彼と彼女は人々の背中を押してそこを通過した。どこに行ってたの……と彼女が訊き、彼は答えるかわりに彼女の手を一度ぎゅっと握った。この町の活気に満ちたようすは、彼にとっては居心地が悪かった。なんでこんなにずーっとお祭り気分みたいなんだ？　早くここを出ていきたかった。

　彼らは角を曲がって広場に出た。有名な時計台のある広場だ。それを見ようとして人々が集まっている。彼と彼女はこの広場にはもう来たことがあり、時計台が動くのも見ていた。複雑な内部構造が見える時計の上の方には窓があり、決まった時間にその窓が開いてイエスと十二使徒が順番に現れる。窓の下の方には青年と骸骨がぶら下がっていた。青年は生、骸骨は死。陰鬱な顔の十二使徒がかわるがわる姿を見せて時計台の中の闇にしりぞいていくあいだ、青年はうなずき、骸骨は首を振る。生は縦に、死は横に。彼と彼女はそこから離れることができなかった。その光景を見にきた人たちのあいだに閉じこめられて立っていた。最初の鐘が鳴った。イット・スターツ。いっせいに頭が上を向いた。

もうちょっと奥まで行ってみようよ。

　そう提案したのは彼女だった。

　そこには葦（あし）が茂りすぎていた。もっと静かで広々として、居心地のいいところを探して渓谷の奥へと入っていった。彼と彼女、そして彼らの子ども。父親のあとについていった子どもが立ち止まり、腕を見つめていた。ちょっとうしろからついてきていた彼女にむかって泣きべそをかいてみせ、木の枝に引っかかれたと言った。彼女が人差し指で唾をつけてやると、またパタパタと父親のあとを追う。子どもは大喜びだった。野アザミをはじめて見た。あれは食べられるの？　月桂樹（げっけいじゅ）とナラガシワを見分けられる母親を、驚嘆のまなざしで見た。高すぎて見えない木の上で鳥たちが争っている声を立ったままでしばらく聞いた。奇怪な形をした木の枝をまねしようとして、手足を伸ばした。子どもは背が低く、手首も足首も細かった。手は小さかったが、足はちょっと大きい。笑顔が彼と似ており、しかめつらをすると彼女に似ていた。髪が多いのは彼女似で縮れているのは彼似だった。彼らはふくらはぎがつかるぐらいの川を渡って、まだ若い白樺（しらかば）が生えている平らなところにたどりついた。ここはどうかな？　彼が訊いた。彼女は木の下に立って上を見上げた。影が充分じゃないみたいだと言った。いまはここにちょっと影があるけど、もう少ししたらあの枝のあいだから日光がすごく入ってくるはずよ。それでさらに移動した。

大雨が降ったときに上から転がり落ちてきた巨大な岩が鋭く砕けて地面にはまっており、その岩のあいだを水が流れていた。彼らはその水を見ながらさかのぼっていって、滝を見つけたのだ。日なたの岩には充分な影ができていた。彼女が、ふっくらと積み重なった落ち葉の上に敷きものを広げた。敷きものがめくれないように、濡れた石を彼が四方の角に置いて押さえた。敷きものに描かれたマンガのキャラクターが、山奥の谷川には不似合いな色彩で目立っていた。彼女はアリが入ってこないように子どものはきものを敷きものの上にのせた。弁当の包みを引き寄せると、開けていないのに弁当の匂いがする。彼が水の中に石を積んで囲いを作り、まくわうりとすももを浸けた。

子どもは泳ぎがうまかった。水が好きだった。子どもを連れて室内プールに行くと、水中で育った生きもののようにパシン、パシンと水を打ちながらすいすいと泳ぎ回った。浮力に身をまかせて水に浮いているのが好きで、手足の力を抜き、水の中をのぞきこむようにして、しょっちゅううつ伏せになった。

子どもが岩から水に飛びおりた。水の外に頭を出して平泳ぎで二回ほど腕をかくと、うつ伏せになってぷかっと浮いた。彼は振り向いてその姿を見た。子どもの背中と頭が水の外に突き出していた。滝つぼから広がってくる波で、少しずつ揺れている。背中をひくひくさせながら浮いているのを見て彼は笑った。カエルみたいだと思ったのだ。それがどのくらい長い時間であったか、彼はあとになって振り返ってみた。ほんの一瞬だったような気もするし、それよりは長かったような気もする。子どもの心臓が発作を起こしていた瞬間。俺はあの子をどれくらいのあいだ放置してぼんやり見ていたのだろうかと。彼の回想の中でその瞬間はほんの刹那であり、それよりは長い一瞬であり、ふたたび刹那となり、長い長い時間と思えることもあった。ある一瞬、感電したように彼の手がひきつった。子どもが顔を上げていなかった。とても長いこと。彼がざぶんと飛びこみ、泳ぎだした。

十四年前、彼らは下山した。子どもは彼がおぶった。彼は、冷水でいっぱいの革袋のような、背中からしきりに滑り落ちようとする小さな体の感触を憶えていた。そこからは水が流れ続けた。彼女は子どものはきものを持って走った。彼らが谷川に入るとき持っていったその他のものはすべて、弁当も敷きものもあの場所に残された。それらはあの場所にあるはずだ。十四年前に彼女が広げ、彼が石で押さえたあのままで。夏には雨にさらされ、秋には落ち葉におおわれ、冬には雪に包まれて、いまごろは形もろくにとどめていまいが、毎年新たに更新される渓谷の表層の下に確かに存在しているはずだ。彼は滑りやすく、狭く、でこぼこな坂道を平地と同じように走った。ずり落ちてしまわないよう、背負った子どもを両腕でぎゅっと締めつけていた。子どもの体から流れ出る水が彼の手を冷たく濡らした。彼女が息を吸いこむようにして泣きじゃくりながらあとを追ってきた。滑って転んだ気配を感じたが、彼は振り向かなかった。走った。遠すぎた。どんなに走っても道路のあるところまで行きつけないような気がした。子どもの心臓はとても深いところで止まってしまい、彼らは間に合わなかった。誰も生き返らせることはできなかった。

彼らは列車に乗るために駅に行った。ヨーロッパで乗る最後の列車だ。キャリーバッグを持って階段を上っていった。彼女の首には、この町で買ったマフラーが巻いてある。プラハ駅は古くて汚かった。壁はすすけ、床には油や雨水がたまっていた。天井のガラスがところどころ割れており、そこから鳥が飛びこんできた。彼と彼女は鳥の排泄物(はいせつぶつ)がこびりついたプラットフォームに立ち、ベルリン行きの列車に乗った。

彼らは旅行社の助けで予約しておいたコンパートメントに入った。厚いタイツに革靴をはき、ひざ下丈のスカートをはいた中年女性が窓ぎわの席に一人で座っていた。その女の隣に彼女が座り、彼は彼女のむかいに座った。列車が動き出した。スピードを上げて都市を抜け出し、平原を走っていく。女がごそごそと紙包みを開け、スコーンを食べはじめた。彼は列車の切符を読み直し、地図で目的地までの距離を指さして確認しながら、時間を計算した。彼女は進行方向と逆なのが嫌だと言って彼の隣に移動し、窓に頭をもたせかけた。すばやく押し寄せては流れ去る風景を眺めた。彼らは午後にはベルリンに着き、翌日はヨーロッパを出るはずだった。家に帰るのだ。

車掌が現れて旅券を見せろと言ったとき、彼らは小さなバッグが一つ消えていることに気づいた。旅券と航空券の予約証と現金を少し入れておいた平たいポーチ。肩にかけたままコートを着られるように、細い紐で吊るせるバッグだった。彼が最後にそれを見たのはホテルだった。彼女の化粧品が置かれたテーブルの上にあった。キャリーバッグを開け、入っているものを全部ひっぱり出してシートの上に広げてみたが、それはなかった。中年女性が好奇心のにじんだ目で彼らと所持品を見ていた。彼がついに言った。ない……ウィー・ハヴ・ノット……ウィー・ロスト・アワ・パスポート……。ストールン？　と車掌が灰色の目で彼と彼女をかわるがわる見て訊いた。アイ・ドン・ノウ……彼は両手で顔をこすり、彼女の方を振りむいた。盗られたのか、忘れたのか？　怒りと当惑で声が震えていた。彼女が顔を赤くして首を横に振った。彼と中年女性の目が合った。女が肩をすくめてみせてからおろし、アーモンドを手でつまんで口に入れ、窓の外を見やった。

あなた方は大使館に行かなくてはならない、と車掌が言った。たぶんそう言ったのだろうと、彼は推測した。車掌は淡々とした表情で切符に穴をあけたあと、紙に何かを書いて渡すと行ってしまった。彼は雑にちぎったその紙を握りしめたまま座っていた。書かれた内容を読んでみる気力もなかった。彼女がキャリーバッグを閉めて立てた。乱れた髪を束ね直し、ちょっとしてから彼の隣に座った。列車が徐々にカーブを切っていた。大丈夫よ。彼女が単調な声で言った。大使館に行けばいい。大丈夫よ、心配しないで。

あれをしまっておけって言わなかったか？　彼が言った。それ以外に何か頼んだことがあるか？　あれをしまっておいてくれと……バッグに入れておけって言わなかったか？　あれを忘れずにって……たったそれだけだよ……バッグの中には全部あったじゃないか、おまえの歯磨きも、化粧品も、あめも……全部あるのに、なんであれだけないんだ……明日は飛行機に乗らなきゃいけないのに……パスポートもチケットもない……俺がまたこれを説明しなきゃいけないんだ、みんなにな……それなのに大丈夫だなんて……おまえはそうだろうよ、心配ないだろうさ、俺が全部やるんだから……おまえはよく食ってよく寝てるよな……どこ行っても……ホテルでも飛行機でも……なんでだ？　なんでそんなことができる、どうしてそんなに面の皮が厚いんだ、そんなに平気そうに……大丈夫だって？　おまえはどうしてそんなに気楽なんだ……

彼は急に口をつぐんで振り向き、彼女を見た。彼女が悲しそうな顔で彼を見ていた。彼はまた怒りがこみあげてきて、首を横に振った。あの顔。うんざりだと言うかわりに、そんなに見るなと彼は言った。そんなふうに見るな。人を観察しないでくれよ、何も悪いことをしてないのに殴られたみたいな目で。

列車が国境を越えたあと、彼らはドイツ側の乗務員に書類と穴をあけたチケットを見せた。彼がまた状況を説明し、そのあいだ、彼女は窓の外を眺めていた。列車は夕暮れどきにベルリン動物園駅に入っていった。彼は窓ごしに、滑るように川をさかのぼっていく遊覧船を見ていた。川に面した方に均一に並んだ、窓を開けた建物の屋根は赤と黄色の鮮やかな色だった。彼はバッグを引いて列車の通路を歩いていった。彼女はそのうしろをついてきたが、しょっちゅう立ち止まった。

彼が振り向いたとき、彼女はしゃがんでキャスターを調べていた。それからひざをついて立ち上がり、バッグを引いてきたが、こんどは列車の連結部分にひっかかってまた立ち止まった。彼が戻っていき、彼女のバッグをつかんだ。ひったくるように持ち手を握って持ち上げ、手前におろす。バッグは乱暴に回転したがまたもとに戻った。彼女は魂が抜けたような表情でそれを見ていた。彼はバッグと彼女を置き去りにして通路をずっと歩いていった。かなり段差のある階段をおりてプラットフォームにバッグをおろし、自分もおりる。バッグが開いてしまわないようにかけたベルトがゆるんでいたので、ほどいて縛り直した。作業を終えて振り返った彼は、彼女がまだ列車の中にいるのを見た。バッグを階段の二段めに置いたままぼんやりとそのうしろに立ち、彼を見ている。彼は彼女のバッグをつかんでプラットフォームに引きずりおろした。またバッグが回転する。彼は彼女の方を振り向いた。階段に立ったままの彼女が、しみが目立つ顔でただ、彼を見ている。彼が見上げる。彼女が見おろす。そのとき自動開閉装置が作動し、何の音も立てずにドアが閉まった。彼女の姿が、窓もない、ずっしりと重いドアのうしろに消えた。彼はエクスプレスと書かれた金属の車体をぼんやりと見つめた。列車が軽やかに動きだし、素早く遠ざかっていった。

彼は立ち尽くしていた。列車が起こす風で髪の毛が乱れた。額に吹き出した汗がさっぱりと乾いていく。ベルリン動物園駅の駅舎は夕暮れどきの光に浸っていた。プラットフォームにもう人影はなく、川の方から冷たく乾燥した風が吹いてきた。ああ……彼はのけぞった。

二個のバッグを引いて、列車が行った方向へ走り始めた。列車のつぎの目的地はどこだったろう？　ミュンヘン……それはどこだっけ？　どれだけかかるんだ？　あいつは何を持ってたっけ？　ポケットに現金かクレジットカードを……入れてただろうか？　何てことだ、あっさり行っちまうなんて。まだおりてない客がいるのに列車が出ちまうなんて……彼はやみくもに走り続け、券売機にもたれて雑談をしていた人たちを見つけた。帽子はかぶっていないが、紺色のユニフォームを着ている。彼はほとんど本能的に、彼らが駅の従業員であることを見てとった。エクスキューズ・ミー。

アイ、アイ……彼は口を開き、ものを言おうと努めた。私は妻を見失った。いま出発した汽車に私の妻が乗っていた。彼女がおりる前に汽車が出てしまった……アイ・ロスト……ノー、ノー、ミスド……ロスト……

駅員たちの胸にはバッジがついていた。一人が女性、一人が男性。彼らは息をきらせてあえぐ東洋人の男を、無心に眺めていた。

笑う男

長いあいだ、僕はそのことについて考えてきた。考えて、考えて、なんとかして最後には理解したいと思って、僕はこの部屋にとどまっている。ずっと前、この部屋の外で僕の背中をたたき、僕を理解できると言った人がいるのだが、それが誰だったかわからない。その人の名も、どうやって出会ったのかも、その人が僕にとって大切な人だったかそうでなかったか、男だったか女だったかさえ思い出せない。夜だったということははっきりしている。私はあなたを理解できる。まっ暗なところでそのことばを聞いた瞬間、僕はえっと驚いた。この人が理解できるという僕を、僕はなぜ理解できないのかと。

僕は理解するということばを信じない人間だった。理解するというのは、ものごとのいりくんだ経緯を無視したうえでそれを——あるいはおまえのことを——見ているぞと告げる単純で便利なことば、もしくは無神経な自白みたいなものだと僕は思っていたから。僕もまた、ほかの人と同じく癖になっていて、またはほかに適切な言い方が見つからないためにこのことばを使うことがあったし、そう言ったあとではとまどってうつむいたりしたものだ。人にそう言われたら、意地の悪い気持ちでこのことばを反芻した。それでもあの晩、その人が僕の背中をたたきながら僕を理解できると言ったとき、僕は心から驚き、そのことばをつかみ、そのことばにすがった。この人が僕を理解できるというのなら、僕にもできるのではないか——あの日の僕を理解することができるのではないか。それができるなら、何からやったらいいのだろう。僕はいま、どうなるのがいいのか。

単純になろう。

できるだけ単純になろうと、僕は思った。

それでこの家はとても単純な家になってしまった。家具も食器もなく、壁に何も飾ってなく、照明もない。外が暗くなるとこの家も暗くなる。外が明るくなるとこの家も少し明るくなる。そうやって昼夜を判別しながら、できるだけ単純に……僕はこの空間で過ごしている。ここは廊下のような形の空間だ。リビングと台所と浴室と寝室が列車の車両みたいに一列につながっていて、玄関から寝室に行こうとしたらリビングと台所と浴室をかならず通らなくてはならず、逆に、出ていくときも途中の空間を全部通らなくてはならない。この一列に並んだ空間には玄関以外に三つのドアがある。

ドアはほとんど同じようにできている。ワニスが流れ落ちた跡と、釘を打ちそこなった跡がある木のドアで、僕はほとんどいつもこれらのドアを全部開け放ち、遠くにある出入り口を眺めながら過ごす。

玄関には不透明なガラスがはまった四角い窓がある。夜になるとその窓から街灯の光が入ってくる。街灯がつくと玄関の近くは若干朱色に染まる。ふだんは消えているが、誰かが通り過ぎると点灯するのだ。こうしてここにとどまることになってから知ったのだが、誰も通り過ぎない夜というものはない。どんな夜でも、あるとき急に街灯がついてはまた消える。僕は夜通し、三つのドアごしにそれを見ながら考える。

あのことを考える。

そしてあのことを考えるとき、どういう理由でかわからないけれども十回のうち三、四回は、父について考える。

たとえばたんすにもたれて座り、無防備な笑顔で、恐竜の赤ん坊が出てくるマンガを読んでいた父や、洗いたてなのか新品なのかやたらとまっ白なランニングシャツを着て、その白さのおかげでぐっと若く生き生きと見える父について考える。写真で見たのか、直接見て憶えているのかははっきりわからない。とにかく僕はそんな父の姿を思い出すことはできる、だがそれは想像のつかないものでもある。たとえば、いまのように老いた父がランニングシャツ姿でマンガを読んでいるところなんてものは想像を絶する。

　僕の父は築三十六年のマンションの五階で、うつ病を患った僕の母といっしょに暮らしている。母は一日じゅうソファーに座って何もしない。彼女が座っているソファーと壁のあいだにはごわごわの青い封筒がはさまっており、その中には彼女の頭を撮ったＭＲＩのフィルムが入っている。母の頭の写真を撮ろうと提案した医師は、フィルムに写ったいんげん豆状の斑点を指して、彼女自身も気づかないうちにかかり気づかないうちに治った脳出血の跡だと言い、まだ深刻ではないが、とにかく彼女には軽い認知症の症状があると言った。父は一日じゅうソファーに座っている母のかわりに玉ねぎスープや松の実のお粥を作り、靴下や下着を手洗いして着替えさせたりしながら暮らしている。

　このごろ父について考えていると、思いはしばしばあの家の古い便器や洗面台のことに移っていく。最後にあの家に行って便器をじっと見おろしたのはいつだったか。そんなに前ではない夏のことだったと思う。便器と洗面台には泡の混じった汚水がたまっていて、便器のレバーもとれていた。さんご色のレバーがついていたところには、手首までぐっと入りそうな穴が残っていた。わざとはずしたんだと、父は言った。彼は、髪を洗ったり靴下を洗ったり歯を磨いたあとの水を洗面台にためておき、それをボウルですくって便器に流して汚物を処理していた。こうすれば水が節約できるというのだ。父は、自分の排泄物の匂いが染みついた薄暗いリビングで僕をじっと見つめてこう言い添えた。水を節約するのは正しいことだろ。僕は何と答えたのだったか。ただ、黒ずみがこびりついた便器を見おろしていた。

父は木工職人だった。小さいとき僕は、薄暗い木工所に付設された小さな部屋で暮らしていた。父はそこを訪れる人たちの注文を受けて、テーブルや引き出し、扉、窓枠などを作っていたが、家族のためには何も作ってくれなかった。腕のいいコックは家では料理しないもんだと言っていたが、家具をあつらえたお客がよく抗議しにきていたことを考えると、とても腕の立つ職人というわけではなかったらしい。父は指と関節にひどい痛風が出たため木工所をたたんだ。八年前のことだ。その仕事を四十年やったわけで、ともかく一生けんめい働いてきたのだから金は着実に貯まっており、郊外の古びた家を一軒買い、現在はその家を貸して賃貸料で生計を立てている。近くにある染色工場で働く勤労者や貧乏な夫婦者が彼の店子で、彼らの暮らしがどんなものかはよく知らないが、父が彼らよりましな暮らしをしているとはいえないと思う。

いまや父は老いて、間違いを指摘されると怒りだす人間になった。いつからかわからないが、そういうことばに目立って反応するようになってしまった。これは違いますとか、あなたが間違っているとか、どんなに些細なことでもそんなことばを聞くと彼は怒りをこらえることができない。下の階の老人、親戚、通信会社のサービスセンターの職員、相手は問わない。いま、俺が間違ってるって言ったか？　と赤くなったり青くなったりして問い詰め、息をきらし、髪を振り乱して、一人ですみっこに行って考えに浸り、また戻ってきて憤りを爆発させ、同じことを何べんでもくり返す。で、間違ってるのは俺だってことか？　俺が悪いっていうんだな？　俺の間違いだっていうんだな？　静かで沈鬱で、全身灰色みたいな感じのするいつもの父とはぜんぜん違う存在になり、生き生きと憤怒する。どうしようもないことだ。怒る以外にすべがないのだと、僕は思う。自分が間違っていたのかもしれないとまじめに考え始めたら、彼も僕みたいにとじこもらなくてはならないだろう。洞穴みたいなところにでもひきこもって、ほんとうに単純になって……だが、いまになって洗いざらい考え直してみるなんてことは、彼のような老人には苛酷すぎるだろう。

洞穴みたいなところということばが出たので言うが、ここは洞穴と変わりない。僕はここで毎日、単純になろうとしている。毎日、ちょっとでもいいから、もっと単純になろうとして努力している。寝て、食べて、出して、考える。眠くなったら寝て、眠りから覚めたらそこに座って考える。食べるものも単純で、調理しなくても食べられるものを食べる。火を使って料理したものは熱いし、熱いものは素手でつまめないから皿と食器を使わなくてはならないし、食べ終わると捨てたり洗ったりすべきものが出るのでよくない。単純で簡単なのがいい。僕は生肉を食べられないから、生の穀物を食べる。食べるときが来たら、袋に入れた米か麦を一つかみ持ってきて、椅子に座って単純に食べる。

椅子、そうだ、この空間にはまだ椅子が一つ残っている。僕はこの椅子に座って、麦か米を少しずつ食べながら出入り口を眺める。洞穴にこもったけもののように、火を使う生活から遠ざかり、生の穀物を食べながら暮らしている。あまり動かないので、この程度の食事でも充分にエネルギーを補給できるが、毛が抜ける。髪の毛もまつ毛も、腕の毛も、こすると粉々になって手にくっつく。惜しくはない。大昔、岩穴にこもってにんにくとよもぎだけを食べていたという熊もこんなふうに毛が抜けたのだろう。熊は雑食性だから栄養不足になって毛がどんどん抜けていき、最後にはすべすべになったはずだ。熊が人になった[*1]というのはそういう意味ではないだろうか。ぼんやりとそんなことを考えたりしながら、出入り口を見ている。ときどき考える。とじこもっていたけものが人間になって出てきたというなら、人間は何になるんだろう。人間が洞穴にとじこもったらつぎは何になるのか。

父はもう、恐竜の赤ん坊の出てくるマンガを読まない。

僕は父とあまり似ていない。僕が父に似ていないのと同じように、父も自分の父に似ていなかった。僕は長いことそう思ってきた。父の父、つまり僕の祖父は面長で、色白だがくすんだ肌をしていた。父は上体がよく発達しており、皮膚が浅黒い。祖父は服の汚れない管理職だったり、何もしないで家にいたりしたので、二人が一生のあいだにやってきたことも違う。誰が見ても似ていない親子だった。ところが僕はある日偶然に、この二人が寝ているところをかわるがわる見て、二人の顔が驚くほど似ていることを知った。ぱっと見たところ死人みたいな無頓着な顔、口を少し開けたまま眠っているその顔が。

僕はDDに、僕もあんな顔して寝てるのかと訊いてみたことがある。いつでもいいから僕がぐっすり寝ているとき、写真を一枚撮ってくれとDDに頼んだ。DDはそれを撮ったのか撮らなかったのか、撮らなかったならそんな写真はこの世に存在しないのだし、撮ったのであれば、僕がそれを探し出せないというだけのことなのだろう。二年前の冬にそう頼んだ。そうだったと思う。二年前の冬。その後僕は頼んだことを忘れ、DDは死んだ。

＊1 【熊が人になった】 韓国の建国神話では、熊が洞穴にこもってにんにくとよもぎを食べて人間の女になり、建国の祖である檀君を産んだとされる。

ＤＤのことを思うと、僕の顔の前に傘が一本広がる。雨水がはねて、気持ちいいほど顔が冷たい。ＤＤが傘の中にいる。左の目尻の下に小さい茶色のほくろがある。同じくらいの濃さで同じくらいの大きさのほくろが、右の乳首のそばにもある。二つともあたたかくて、しょっぱい。ＤＤを思うときに僕の中に広がるのはたとえばそんなようなことで、ＤＤが死んだということばは僕に何の連想も起こさせない。「ＤＤは死んだ」――何も感じない。そのことばの中にはＤＤもいないし、僕もいない。

僕は同窓生としてＤＤと出会った。小さいとき、同じクラスで勉強していた。そのときはＤＤのことをよく知らなかった。髪をちょっと長めに伸ばした小さい子、毎日同じチョッキ、誰かの手編みらしい黄緑色の古いチョッキを小さな体に窮屈そうに重ね着していた同級生で、たまに思い出すことがあるぐらいだった。大人になってから同窓会で会ったＤＤは相変わらず小さくて、無口だった。ＤＤは照れくさそうにしながらもしきりに僕の目を見、僕はなぜだか、ＤＤが見ているものや、ときどき言うこと、話を聞いてる姿なんかを見るのがうれしかった。

いっしょに暮らすようになってからも同じだった。ＤＤはよく食べ、元気に暮らし、ときどきヘンなことを一生けんめい考えるくせがあり、そうなるとその考えからしばらく抜け出せなかった。おいしいものを素直に喜んで食べ、時間をかけて本をじっくり読んだあと、そこで発見したことを僕に話してくれた。色糸を使って、Ｔシャツなんかの穴があいたところにてんとう虫の素朴な模様を刺繍してておいてくれたりした。夏に大きな葉っぱを拾ったりすると、葉脈を上手に切り抜いたのを並べて森の形を作り、僕に見せてくれた——小さいものの中に大きいものがあるよ。僕はそんなのが全部、好きだった。DDがそんなやり方を知っていて、そんなことを言える人だというのがうれしかった。DDはやわらかかったよな。抱きしめているとどこまでもやわらかくて、僕は自分でも気づかないうちに力いっぱい抱きしめてしまうことがあったな。この人を幸せにしてあげたいと、僕は思った。自分ではないほかの人を幸せにしたいとはじめて思い、それが僕のことも幸せにしてくれるだろうと、思った。

雑穀を食べると唇に粉がくっつく。雑穀は放っておいてもひとりでに割れるんだろうか。粉が毎日増えていくみたいだ。おとといより昨日、昨日より今日の方が粉が多い。増殖でもしているみたいに粉が増えて、袋に手を入れただけで手が黄色い粉だらけになる。どんなに噛んでも口の中のどこかに粉が残る。何度も噛みながら、壁を眺める。その壁には何も飾ってない……飾るものがない。壁紙もない。全部むしって、はがしてしまったから。そうするのが、少しでも単純になるためにはいいことだと僕は思ったのだ。最初は時計だった。秒針が動くたびにチク、タク、チク、タクと音をたてていた……ある日の午後僕はそれを眺めていたあげく、はずしてしまった。そのつぎは額に入れた絵だった。緑色の花瓶に入れた黄色い菊とか、そんな絵たち。そのつぎにはあちこちの釘やフックを——なかなか抜けなかった——それから壁紙を破った。糊が塗ってある裏面はぴかぴかしてこわばっている。はがしていって、大きい葉っぱのようになったところをつかんでひっぱるとすーっと破れる。違うところをひっぱると、そこもすーっと破れる。つぎつぎにはがしていった。

すっかりはがした壁は、僕なんかが想像したのとはまるで別種の醜さだった。それはまっすぐでもなければ、均一でもなかった。灰色でもなかった。オレンジ色、朱色、黒、白、青の不規則なしみだらけだった。雑多な廃棄物を混ぜて作ったためだろう。しみは楔形、渦巻き、丸などの形をしていた。錆びの混じった水が流れ落ちた跡もあり、何か錆びたものがひん曲がったまま露出しているところもあった。そのうえ壁は、固くさえなかった。寝室から浴室に行くドアのそばに鳥の足の形の汚れを見つけたので、ひっかいてみたらすぐに砕けた。これを見るまで、僕はこんな壁があるなんて想像したこともなかった。壁に、こんなことが起きているなんて。どれだけの壁がこんなふうなんだろう。誰もが壁のそばで過ごしているし、壁と壁のあいだで、または壁にとり囲まれて放心したまま、わけのわからないことをしたり、飯を食べたり、怒ったり笑ったり泣いたりし、安心して寝るけれど、壁ってこんなもんだということをみんな知っているのだろうか。それを思うと外に走っていって、誰でもいいから訊いてみたくなる、壁を見たことがあるか？　と。つまり、壁をほんとに見たことがあるかって……あなたの家にも壁はあるはずだ……あなたの家にも……あなたがいつも眺めている壁、信じきっているし別に信じてもいないその壁……それがじつはこうだっていうことを？　そう訊いてみたくなる。

知ってるか？

これは僕の父の口癖だ。父は口数が多い方ではないが、ほとんどの話をこのことばで締めくくる習慣がある。自負しているせいかもしれない。避難民として、戦争孤児として生きてきて、おなかいっぱい食べること以外にはとくに欲もなく、才能もなかったという自分の父親とは違い、自力で家族を食わせ、財産を増やしてきたという自負。それであんな口癖ができ、好んで言うようになったのかもしれない。あれは、俺は知ってるぞという意味ではなく、俺は知ってるがおまえは知らないだろうという意味なのだ。

知ってるか？

悪いことばだと僕は思う。それがどうしたと言い返したくなるから悪い。おまえが何を知ってるもんかこの馬鹿野郎と言いたくなるから。だって僕は僕の父を嫌いではないからだ。好きだとはいえないが特別反感を持っているわけでもない。反感を持つ瞬間があるにはあるけど、それがずっと続きはしない。むしろ多くの場合、僕は父に申し訳ないと思っている。父と僕はそんなにけんかもしない。それなのに彼が僕の前で、知ってるか？と言うと、かなりの頻度で押しのけたくなる。そんなふうに訊かれると……何を知ってるか言ってみろ、あんたがまともに知ってることを、と言いながら手ひどく押しのけたくなる。それをあんたは、知ってるか？

知ってるのか？

だが僕は、父が自分の父にそう言うのを聞いたことはない。父が祖父にそう言うのは。父は相当注意していたのだろうな。言っちゃいけないことばだと思っていたから言わなかったのだろう。口癖だったのに、どうして自分の父親にだけは言わなかったのか。あえて言うまいとしていたか、または訊いたところでと思っていたのか。尊敬していたからか、軽蔑していたからか、どっちだろう……一度、家族が集まって高価な肉を食べていたとき、祖父が何かのついでに僕に忠告したことがあった。昔はみんな、いい生活をしようと思って努力したものだ。おまえはいま享受している自由と繁栄で自分を判断しちゃいかん。いま当然だと思っていることの多くが、当時は当然ではなかったんだ。何ものっていないお膳に柿をのせようとしたら、まず柿の木を育てなければならない。わしの世代が木を育て、いまのおまえたちが何千個もの柿がのったお膳に向かっているという事実を忘れるなよ。

するとと父がすぐ隣で、吐き出すように言った。そういう食べ方やめてくださいよ。ちゃんと焼けてもない肉を三つも四つも一度にとらないで、お父さんの横にいる奴らがちゃんと食べてるか、お母さんが食べているか、よく見てから食べてくださいよ……

雨が降っている。暗くなってからしばらくたつ。雨が降るとこの部屋はいっそう静かになり、重くなる。四方の壁がセメントの匂いを放ちだす。湿ってカビくさく、息を吸えば吸うほど胸が詰まる。DDはこんな家では長く辛抱できなかっただろう。採光と通風——家を借りるとき、DDにとってはその二つが重要な条件だったから。リビングがなくてもいい。狭くてもいい、いっぱい歩いて上らなくちゃならない上の階でもいい。お日様と風がたっぷり入る部屋でなくちゃ。けれどその二つの条件は相当に高くつくオプションで、僕らの持っているお金で借りるには、屋上に増築された狭い部屋がベストだった。だからそういう部屋から部屋へと渡り歩く生活だった。

　この部屋に引越してくる前に住んでいたのも屋上部屋だった。ひどく急な坂道の下にあった。小さくて狭くて汚い建物だったな。DDは仕事を休んでこの家にいる日には、下の道が見おろせる場所に椅子を持ってきて座り、雑誌か小説を読んでいた。そして、退勤して帰ってくる僕を見つけると、やっほーと叫んで手を振った。下から見るとＤＤの頭が屋上のはじっこからぬっと突き出ていた。丸いおかっぱみたいな髪形だったから、小さいきのこみたいだった……ＤＤはちょうどいいタイミングで僕を見つけようとして、僕が着くころにはしょっちゅう顔を上げていたはずだ。一行読んで顔を上げて坂道を見て、また一行読んでは顔を上げて坂道を見てたんだろう。もっと幸せになろう。タバコと尿の匂いがする急な階段を上りながら、僕はそう誓ったんだ。幸せだ。これがもっと欲しい。もっと幸せになりたい。ほかのことはどうでもいい、それだけを考えよう。そう思いながら階段の最後まで来ると、ＤＤが日に赤くやけた顔で迎えに出ていた。それが照れくさくて、またＤＤにすまなくて、何を大騒ぎしてるんだいと僕が言うとＤＤはにこにこ笑いながら答えた。あんたが帰ってくるのを見るのが好きなんだよ。それがほんとに嬉しいからさ。

僕の過ちは何だったのだろう。

僕は何を間違えたのか。何かを間違ったのだろうけど……それは僕の過ちなのだろうか。過ちといえるのだろうか……いや、過ちだ。あれが過ちでなければ何が過ちだ。僕はひょっとしたら、すべてをやりそこなった人間なのかもしれない。僕はどういう人間なのか。それを考えるとき、しつこく思い浮かぶことがある。

ひどく乾燥して暑い真夏のことだった。口を開けると体温より熱い空気で口の中がすぐに乾いてしまうぐらいの猛暑だった。陽射しを頭のてっぺんに浴びながら否応なく待っていなくてはならない屋根なしのバス停留所で、僕はちょっとぼうっとしながらバスを待っていた。広い道路の上に、透明な滝みたいにかげろうが立ち上っていた。そのとき僕のそばに立っていた老人が僕の方へ倒れかかり、僕は間一髪で彼をよけて一歩うしろへ下がった。茶色のズボンに白い綿のシャツを着た老人だった。彼は何の前ぶれもなく傾きはじめ、ちょっと前まで僕が立っていたところにガンと頭を打ちつけて倒れた。そしてほとんど同時にバスが来て……僕はバスに乗った。何を考えたわけでもない。バスを待っていたから、ちょうどやってきたバスに乗った、それだけのことだ。罪の意識を感じて逃げたわけでも、何か計算したわけでもない。罪の意識だなんて……あの人が倒れたことが僕と何の関係があるだろう。あの人は暑さのせいで、体調のせいで、自分で倒れたのに、それが僕のせいなのか。僕があの人を倒れさせようとして押したわけでもない……僕のほかにも人はいたのだから、たぶん誰かが対応しただろう。ひょっとしたらいまごろ、立ち上がって服の埃(ほこり)をはたいているかもしれない……そんなことを思いながら僕は、停留所から遠ざかった。

バスが少し遅れて到着していたら——いまになってそう思う。

そうだったら僕は、何らかの対応をしただろう。したはずだ。そう思いたい。しかしそうはしなかった。過ぎたことはもう過ぎてしまい、取り返しはつかない。辛い思いでそのことをしきりに思い出す。何も変わらない。

彼はどうなっただろう。

その後もときどき、あのことを考えるときがあった。いまみたいにしょっちゅうではないが、しきりに、そして何の感情もなく僕はあの老人のことを考えた。ＤＤが死んでからはもっとしょっちゅう、あの人のことを考えた。いまでは、彼の姿が小さなやけどの跡のようになって僕の記憶のどこかに捺(お)されて残っている。炎天下のもと、短くて濃い自分の影といっしょに地面にひじをつけて倒れていた老人。あのあと彼はどうなっただろうか。死にはしなかったか。死なないまでも、致命的な障害を負いはしなかったろうか。頭をガンと打ったのだから。でもそれは僕のせいだろうか。決定的に僕のせいだろうか、彼の死または致命的な障害が……僕がよけなかったら彼は助かったのか。素早く判断して彼の体を受け止めたら、いや、判断するも何もなくそうやっていたら、少なくとも彼は頭を打ちはしなかったはずだ。判断するも何もなく……でも僕はそうしなかったな。判断するも何もなくそのようにする人間がいて、そうしない人間がおり、僕はそうしなかったね。どうしてなのか。僕は少しも、単純になれない。

僕はどういう人間なのだろう。そう考えれば考えるほど、単純になれない。
単純になりたい。

もっと単純に。

長いあいだ、僕はそのことについて考えてきた。

僕は夜、ＤＤに会った。退勤して帰り道に、わざわざ待ち合わせて外で会った。停留所の近くの屋台からぎょうざやおでんの匂いがしてきて、ＤＤはそれを食べたがった。道でぎょうざを何皿か立ち食いしようかと迷ったけど、傘が邪魔だからやめて、そのまま家に帰って夕飯を食べることにしたんだ。はらぺこのままでバスに乗ったが、席が空いていなかった。僕が先に乗って吊り革につかまって立ち、ＤＤがすぐ隣に来て立った。先頭座席の前だった。バスが動きだし、誰かのイヤホンから漏れてくる音楽がざわざわ聞こえてくるぐらい、バスの中は静かだった。かくめい、とＤＤが言った。カッコーと鳴くみたいに、かくめい、と。

何？　と尋ねると、ＤＤが吊り革にぶら下がったままで僕を見た。仕事中についたのか、おでこの右側にまつ毛が一すじくっついたようなサインペンの跡があった。革命といったら何を思い出すかとＤＤが訊き、僕はちょっと考えてみてから、価格と答えた。

価格？

価格革命。

そう言うとDDはハハハと笑い、だろ？　と僕は言った。

自分は、オスカル。

……サプリ？

ベルサイユの……

宮殿？

ううん、ベルサイユのばら。知らない？

知らない。

あるんだよ、そういうマンガが。フランス革命が舞台でさ。アントワネットと、アンドレと、ロザリーと……それと、教科書に出てる絵がある、世界史かな……ドラ、ドラクロワの女神……こんなふうに胸、出した。

自由の女神。

そう、それ。よく知ってんね。すぐわかったね。

有名だから。

胸、出してるから？

違う、有名だから。

DDはハハハと笑ってまた言った。

前にね、バスの中で、「革命」って一人言言ったことがあったんだよね。本の題名を読みあげただけだったんだけど、すっごいびっくりしてさ。こんなに人がいっぱいいるとこでそんなこと言っちゃったと思って、びっくりして、人の目、気にして。でも、びっくりしてみてから思ったんだけど、それってすごく変だよね。人がいっぱいいるとこで革命って言うのがそんなにびっくりするようなことなのかな？　なのにすごくびっくりしたんだよね。それで、こんなにびっくりする自分ってちょっと笑えるー、って思ったんだ。おおー、そう来るかー、って。

その日のDDのことをくり返し考える。吊り革にぶらさがり、腕の左側に顔をくっつけて立ち、ささやき声で話していたDD。まぶたに髪の毛がかかるのがうるさいらしく、目をぱちぱちさせていたDD、DDの顔のむこうにワイパーがフロントグラスを拭いているのが見え、窓いっぱいに黒い道路が見えた。それは僕が毎日行き来している道だった。出勤時に、また退勤時に。窓の外は黒と赤。見慣れたネオンサインのりんかくが、流れ落ちる雨水のせいでにじみ、そんな光景がずっとうしろへ流れ去っていったっけ。あの瞬間のことをくり返し考える。一瞬、家にかぼちゃがあるとDDが言ったようだった。家にかぼちゃがある。そう言ったか、言おうとしたのだと思う。僕はその瞬間を、音声のない世界として記憶している。分かれ道で信号を待って停車しているときだった。DDはそのときも頭の重さを腕で支えながら僕の方を見ていた。家にかぼちゃが……間もなく金属の破片がぎっしり入った袋が耳のすぐそばで破裂したようなけたたましく鋭い摩擦音が聞こえた、何度も……何度も……だけどこれはひどく歪められた記憶であるはずだ、だってそれはほんの一瞬のことだったのだから。ほんとうに短い……けれども振り返り、振り返り、振り返り続けるうちに何重にも増殖してしまったその一瞬、最初の衝撃が来たとき……九人乗りのバンとの衝突で……細かいガラスの破片と雨水、冷たい雨水が針のように顔にはねて僕は無意識に目を閉じ……別次元の渦巻きに巻きこまれたようにバスが大きく回転したとき……肩にかけていたかばんを力いっぱいひっつかんだ。あのほんの一瞬……僕は、ＤＤではなくかばんを抱きしめた。

かばんを。

ここにそれがある。

僕のひざの上に。

ありふれたかばんだ。僕が長いこと使っていたかばん。ずっと使い続けてやわらかくなめされた革紐がついたリュック。袋のようにふくらむので何でも入れることができ、上を紐で絞るようになっていて、底には防水布が当ててあり、気持ちいい音をたてて締まるバックルがついた僕の古いかばん。ここに何が入っているか。何度となく確かめてみたから、開けなくても中に入っているものを僕は全部言える。充電器、鍵、百五十万ウォン程度の残高がある通帳、実印、皮膚炎の軟膏、包み紙にくっついたガム、何十回も手をこすって拭いたために変色したハンカチ、色鉛筆で落書きしてある映画のチケット、宝くじ一枚、小さな封筒に入った防湿剤、小銭、メモ。いつも僕が使っていた品物たち、がらくたたち、これだけだ。僕が握りしめ、そのためにいまも僕の手に残っているもの。

これだけだ。

このことを理解したいと思い、考えに考え続け、僕はここにとどまっているが、理解できない。

単純になれない。

父はずっと前に事故で木工所の従業員をなくしたことがあった。小さいころ僕がヘジのパパと呼んでいた男だ。給料はわずかだったのに、仕事を教えてもらえるからとまじめに働いていた人で、いまの僕に近い年齢だったのだと思う。出勤途中で、彼が運転していた銀色の軽自動車が、道端に停まっていたダンプの尻に追突した。ヘジのパパは事故後も意識を失わず、連絡先を問う人たちに木工所の番号を教えた。最初の連絡を受けて現場に行ってみると、助手席と運転席が完全にトラックの下敷きになっていたと父は言った。救急車と装備車両が到着したときもヘジのパパには意識があり、間もなく、台無しになった運転席から引きずり出された彼が救急車に乗せられて病院に行くときも父が保護者として同伴した。救急車に乗っていくときな、と父が言った。あいつは意識があるんだが、頭がしきりにふくらむんだよ。頭がこんなふうに、すぐに大きくなるんだ。どっと怖くなったよ、それなのにあいつがやたらと話をしようとするんだ、静かにしてろって言ってんのに。それで腹立っちまって、ちょっと黙ってろってきつく言っちまったんだな。そしたら俺を一回チラッと見て、そのあとは何も言わなかった、目を閉じてな。そのあとすぐに顔が青ざめてきてな。すぐだったよ。

ヘジのパパは意識不明のまま病院に到着し、二日もったが集中治療室で息をひきとった。おじさんには二歳の娘ヘジと、具合の悪そうな奥さんがいたが、彼女が葬儀の席で僕の父のところへきて訊いたという。最期の瞬間にあの人は何と言いましたか。何か言い残しませんでしたか、私かヘジに？　……何て言いましたかって訊くんだけど、返すことばがなかったよと、父は言った。

あんなふうに死ぬと知ってれば、ああはしなかったよ。むしろ話をさせて、意識を保つようにさせて、奥さんに会ってから逝かせてやっただろうけど、わからなかったんだ、あいつがあんなふうに逝ってしまうなんて……俺……

これは僕の父が唯一、明らかに後悔していることで、僕はいつか彼に、なぜそうしたのかと訊いてみたことがある。父さんはどうしてヘジのパパを黙らせたの？　話すことにエネルギーを使わず、生きることに集中しろと？　話さない方が彼を助けるために役立つと判断したから？　父は僕の質問を聞き、少し考えてみて、そうじゃなかったと答えた。そうだなあ、何考えてそう言ったんだか、ほんとに後悔してるけど、そのときはただ何も考えずに……そうしたんだと僕の父は言い、それはたぶん事実だろうと僕は思った。

何も考えなかったはずだ。

彼はただ、やってきた通りのことをしたんだろう。つまりパターンみたいなものだな。決定的なときに一歩あとずさりする人間は、つぎの瞬間にもあとずさりする……かばんをひっつかむ人間はかばんをつかむ。それと同じようなことじゃなかったのか。決定的に、彼、という人間になること。綯(な)ってきたように縄を綯うこと。いつもやっていた通りのリズムで綯うこと。誰もが自分の分の生地を持っており、その上に織り出される模様は、たいがいそんなふうにできているんじゃないのか。そうじゃないのだろうか。知らず知らずのうちに僕も織り上げてきたパターンの連続、連続、連続。

どれだけ長くここにいたのか僕にはわからない。

もう嫌だ。ここにいたくない。ＤＤの死について考えれば考えるほど、自分の生について考えてしまう。どう生きてきたか。どう生きているのか。生きて、そのことを考える。つまらないものが入ったかばんをひざにのせて耐えているだけだが、僕は生きている。僕の父も母も生きている。二人の訃報を聞いたことはないからいまもあの家で生きているだろう。父の小便の匂いと母の麻痺がしみついた空間で。生気が少しも感じられない、ほとんど死んだように思えるその空間があのドアの外にある。あの近くに行きたくない。誰かが通りを行き過ぎる。街灯がついた。そしていま消えた。僕はまた外のことを思う。人々が遠慮なく飲み干す空気に満ちたところ、あまりの人いきれでいっぱいになった街を思う。ＤＤを平らげてしまった街。ＤＤの首を折り、頭を割った街。そこには意味も希望も愛もない。死んでいるのと変わりない。しかしここは違う。僕がいまいるところ。ここに何があるか。裸の壁があり僕がおり、椅子があり、僕のがらくたがある。僕はこれらといっしょにここで食べ、寝て、ときどき眉をひそめて奇妙な罵倒のことばを吐く。空中にむかって唾を吐く。その唾はたいがい、僕のまぶたと僕のあごに落ちてくるのさ。

僕がここにこもっていることを知っているのは誰だろう。

誰も僕を救いに来ないだろう。

誰も僕を救いに来ないから、僕は自分の足で出ていかなければならないだろう。

長いあいだ僕は、そのことについて考えてきた。

わらわい

笑いたくないのですが笑います。しょっちゅう笑ってます。私は毎日笑う人です。笑う人です、って言いながらいまも笑ってませんでした？　笑いたいわけではないんですけどね、こうやって笑うんですよ。やたらと笑うんですよ、って言いながらまたやたらと笑うでしょ。だから、あなたは誰ですかどういう人ですかって訊かれたら私はこう答えますよ、毎日笑う人ですって。それ以外に別に何もないんですからそう答えるしかないし。私にも質問する順番が回ってきたらこう訊きたいです。あなたはどんなふうに笑う人ですか。笑うことをどのように経験した人ですか。どのように笑いますか。この質問への答えで、あなたという人をある程度説明できると、私は思います。ところで私はこんな話をしたいんじゃないんです。最初に言っておきますが、そのソファーを破ったのは私ではありません。それを言うために私はここに出てきました。

思い返せば小さいときからよく笑う人間でした。

私は大人に少しも手を焼かせなかった、静かに寝ている子だったと母は言っていたものです。寝かせておけばむずかりもしないで、何時間でも天井を見て遊んでいられる赤ん坊だったそうです。ほんとにそうだったんだと思います。いつの記憶かわかりませんけれども、天井にくっついている赤い虫をしばらく眺めていた記憶があります。たぶんてんとう虫だったと思うんですが、小さくて丸くて固そうだけど、あっさり壊れそうにも見える赤い虫。それが天井を少しずつ横切っていくのをひとしきり見ていた記憶です。それ以外のことはなんにも憶えていませんが、母の言うようにおとなしい子どもだったのでしょう。

父が早く死んだので、育児と生計を一人で担わなくてはならなかった母にとっては、おとなしくしていてくれるだけでも安心できる、頼りになる子どもだったそうです。その結果、私は頭のうしろがつぶれています。後頭部がほら、こんなに、すごくぺっちゃんこでしょ。横から撮った写真を見ると、何か異様に感じるぐらいです。人の頭がこんなに平べったくなれるのか、こんなにぺっちゃんこで大丈夫かと思うほど平らなんです。おかげで、ちゃんとうしろに突き出せなかった頭蓋骨が上に伸びてって、頭のてっぺんはとんがり、うしろはぺっちゃんこという、まあ何ていうのか貧乏くさい頭になっちゃったんです。

貧乏くさい頭なんてあるのかと思うかもしれませんけど、あるのよ。鳩や、いんげん豆や、さくらんぼが存在するのと同じように。いえそれよりも、フィスラーやバーバリーがあるのと同じようにあるんですね、そういうのが。だって私がそれだもの、貧乏頭。とにかく私にそれがあるんだから、世の中にもあるわけよ。むしろありすぎて、貧乏頭っていうこと自体が何かうんざりするくらいだわ。これまでに私はそんな頭をいくつか見ましたけど、そういう人のことがだいたいはひどく嫌いでしたね。まあ、自分が持ってるものを人が持ってると、何か、ちょっと、嫌になったりしません？　それぐらい、うしろ頭がぺっちゃんこにつぶれてかっこ悪い子どもだったんです。

自分でもすごくかっこ悪いと思ってたので、鏡をまともに見られないどころか、はじめっから鏡をのぞくこともできない子として育ちました。母は毎朝、大きな鏡の前に私を座らせて、根気よくうしろから髪の毛をひっぱり、ポニーテールに結ってくれましたが、それが終わって鏡の前から逃げ出せるときまで私は目をつぶっていました。道でも教室でも、鏡の前を通り過ぎるときは地面を見て速足で歩きました。ほかの子が教室にかかっている鏡の前に立って、自分の姿をじっと見たり、髪をとかしたり、リップバームを塗ったりしているのを遠くから見ながら、信じられないと思ってました。鏡をまともに見られるなんて。あんなに長いこと鏡を見ていられるなんて。わけもなくなぜだか憎たらしい同級生がいたんですが、そんなにあの子が憎たらしかったのは、その子がいちばんしょっちゅう、いちばん長いこと鏡をのぞきこんでいたからじゃないか、それだけの理由だったんじゃないかといまは思います。

　大人になってからはとくにためらいなく鏡を見るようになりましたが、頭に関するコンプレックスはなかなか消えず、現在の私という人間を形成するうえで相当程度の役割を果たしたと思っています。たとえば、誰かが近くに立つと、ふいに私のうしろ頭を触るんじゃないかって緊張します。緊張してぎこちない微笑を浮かべます。この緊張感が、人間関係や人生の重要な瞬間に微妙な影響を及ぼしていると思うたび、これは頭のせいだと結論を下すわけです。私のうしろ頭がぺっちゃんこなせいだと。

　なんでなの？　どうして私をそんなに放っておいたの？　って、ときどき母に訊きました。ちょっとあっちこっちに転がしてやるだけでもこんなにぺっちゃんこにはならなかったはずなのに、なんでそんなに放ったらかしてたの？

　どうして？

　最近も記憶の中の母に尋ねてみたけど、いつも聞いていた通りの返事を聞くだけです。あんたは大人に少しも手を焼かせなかった。静かに寝ている子だった。そんな返事を聞くと、泣きもむずかりもせずに寝てばかりいたというその赤ん坊を、踏んづけてやりたくなります。

母を愛していました。自分なりのやり方で愛していたと思います。

母は八年前に白血病で亡くなりました。確定診断から死亡まで半年とちょっとでしたが、あの日々のことは当時もいまも鮮明な夢みたいに思えます。絶対治る望みはなく、治るどころか、毎日、昨日より悪化する一方だと痛感させられる日々でした。毎日毎日どこかが破ける革袋みたいに新しい症状が現れ、切開と施術が続きました。炎症、感染、出血、出血、出血を止めるための輸血、また別の出血。最後の何週間か、母は感染した肺を切除したところから出てくる血をためる丸いプラスチックの袋を、昼も夜も脇に吊るしていました。血小板を何パック輸血しても血が止まりませんでした。私は母の血がたまった袋を手のひらにのせてじっと見てみたことがあります。そういうの知ってますか、さっき出たおしっこより熱い、人の血っていうものを。このぐらい赤いんなら大丈夫じゃないかなってぼんやり思ったのを憶えています。白血っていうけどぜんぜん白くなくて、赤かったですよ。私の血の温度と同じくらいだったせいか、その袋を手にのせて見ていても別に違和感がなくて、そのあいだにも母の体を回って出てきた血で少しずつ袋はふくらんでいきました。私にはそれが母の内臓みたいに思えたんです。不注意に、不条理に、外にはみだしてしまったまっ赤な腸。母はきれい好きな人でしたから、気が確かなときだったら、そんなことになっているのをものすごく恥じて困り抜いたと思います。

私は母が泣いたり、痛いと訴えたり、乱れたところを見た記憶がほとんどありません。でも最後の半年間、母はずっと嘔吐し、おしっこと血を流し、精神が混迷したままで死んでいきました。胸に入れた管をはじめ、体につながっているチューブだけでも平均六本。あきびんにさした植物みたいに、あっというまにしおれて乾いてしまいました。たった六か月だったのに。それぐらいでも人は生きたままあんなふうになるんです。ところであなたは、どうですか？　余力が充分にありますか？　保険に入ってます？　入ってないですか？　どうすんのよ保険にも入らずに。どうせガンにはなるのに？　将来はかならず病気になるじゃないですか？

病気なのにお金がなかったら、払うべきときに病院に支払いができませんよ。支払えなかったら、処方がもらえないでしょ。お金がないために死ぬっていう意味じゃありません。痛みを止められないっていう意味です。食欲がなく、吐き気がして何も食べられず、不安で、かゆくて、痛くて、死にそうで、不眠で、苦痛で、痛いの、助けて、お願い、辛いのー、っていうときになすすべがないっていうことです。適切な鎮痛剤を充分な量。それは常に、充分なお金があるときにだけ可能な話です。単なるお金じゃなくて、充分なお金。それが前提で、前提が整ってなかったらただ立って見てるしかないんです、間抜けみたいに。いつもそのことを考えておかなくちゃいけないの。それを想像して、余力を確保しておかなくてはなりません。人間らしさの条件は余力の有無じゃないですか。
私は病院の廊下をうろうろしながら、電話機を握りしめて大声を上げていた男を憶えています。入院患者の保証人は、かかった費用を途中で精算して、支払い能力があることを定期的に証明しなくてはならないんですが、その男はそれができなかったんです。途中精算で四百六十万ウォンかき集めなくちゃいけないのにカードの限度額が三十万ウォンしか残ってない、いまお母さんに輸血して、鎮痛剤ももらわなきゃいけないのにカードの限度額がー、って怒り狂っていたあの男、つまり私の弟は、いったいどこにむかって怒ってたんでしょう？　私はああなりたくありません。二度とあんなふうに、あの男とその姉みたいに憔悴したくありません。助けてやりたいのに助けてやれない人が死を目の前にして苦痛でもがいているのに、鎮痛剤さえ打ってやれなかったら、そういうとき、心、どうなると思います。もう、けものですよね。けものになっちゃったのと同じじゃないですか。だから私はお金を稼ぐの。あんなけものにならないように、お金を稼ぐんです。

こんなふうに長い時間座っていることって、前にいつあったかしら。いつあったかしらって言いながら私、笑ってませんでした？　笑っちゃうんですよね。別に笑いたくもなかったんだけどこんなふうにすぐ笑うのよ。見たでしょ、それを？　それって、私が笑うところをですよ。

人間は一生のあいだに一日笑う。

こんな文句をトイレで読みました。三日か四日前だったかな。読みやすいように、便器に座ると目の高さにくるところに、そんなことを印刷した紙がドアに貼ってあったんです。七十年生きた人は二十六年働き、二十三年寝て、三年は待つことに使い、たった一日だけ笑うんですって。よく笑う人は一日より長いでしょうけど、どっちにしろポイントは、何十年生きても人間はせいぜいその程度しか笑わないってことですよね。便器の中におしっこがちょろちょろ落ちる音を聞きながら、じっくり読みました。何をまたあたりまえのことを言ってるんだろ、と思いました。そうじゃないですか？　人間はあまり笑わない生きものです。笑うことって、ありますか？　ありますす？　私は毎日笑う人間だから慢性的に笑っていますけど、人間は本来、こんなに笑わなくても大丈夫なんです。だって、こんなに笑う人間である私を見てごらんなさい、ちっとも大丈夫じゃないでしょ？　あなたは大丈夫なんですか？　笑っていますか？　どんなふうに笑いますか？　教えてくださいよあなたがどんなふうに笑っているのかを、くわしく、ねえ。気になります。あなたがどんな笑いを経験してきたのか、私はすごく気になります。

観察と見当づけ。それが、私のやっている仕事です。売り場に立って通路を凝視して、行き来する人たちを観察してニーズを把握してレベルに見当をつけること。いつでもいいから一度、私が働いている九階に寄ってみていただきたいです。寝具類売り場です。あなたがどんな布団の前で立ち止まるか、どんな姿勢で立って、どんなふうにそれを見るか、羽毛布団の中身を確かめるために一度触れるか、二度触れるか、ただ見ているだけか、そういったことを見るだけでも私はあなたのニーズとレベルを把握して、適切な商品をお勧めできます。

最初私がこの職場を選んだとき、夫はとても心配しました。販売サービスはお客さんに悩まされることで悪名高い仕事だからほかをあたろうよって、私を引きとめたんですが、でも販売サービス以外の仕事がこの世に残っていますかね。それにみんなが思うのと違って、顧客より、同じ階で働く人たちに悩まされることの方が多いんです。実際に身に降りかかってくる災難のほとんどは、自分たちどうしのあいだで始まるんです。だって私たちおたがい憎み合ってるから。すごく根に持ってて、おたがい悪口言うのよ。

デパートには販売員とレジ係と清掃員と調理師がいるんだけど、販売員とレジ係はおたがいを憎み、清掃員はその二つの職種を憎み、社員食堂の調理師はその全部を憎み、みんなも調理師を憎んでいます。わかります？　もう一回、言おうか？　販売員は、たいしたことないくせにむっつり顔してもったいぶるレジ係の悪口を言い、レジ係は、何もわかってなくていい加減な伝票を持ちこむ販売員を罵り、清掃員は彼女たちが出したものを掃除しなくちゃいけないので、あのアマどもって罵倒します。しばらく前にも私はトイレで、三階で働いてる人がなんで九階でおしっこすんのさ、自分の階でしなさいよって、閉まってるドアをたたきながら激昂して叫んでいる清掃員を目撃したことがあります。清掃員はこんなに販売員とレジ係を憎んでて、販売員とレジ係は清掃員を憎んでて、その全員が、まずい料理を作る社員食堂の調理師を憎み、調理師たちは、全部食べもしない料理をもっとくれってねだる販売員とレジ係と清掃員全部を憎んでいるので、何か永遠に続く輪唱みたいなんですよ、ね?

顧客は通り過ぎていくだけだけど、私とこの人たちは同じ袋に入れられて混ぜこぜにされてるんですから。とくに販売員どうしはね。窓も時計もない空間に、午前九時から午後九時まで半日ぶっ通しでいっしょにいて、家族よりも長い時間、目を開けて顔を合わせてなくちゃいけないんですから。にこにこ笑いながらおたがいの成果をねたんで、私たちのあいだにはぜんぜん壁がないから、嫉妬と羨望と軽蔑が楽々と行き来するの……たまり水をかき回す巨大なブラシみたいなものがあって、それがみんなの顔をこっちからあっちへ撫でてはまたこっちからあっちへ……「ふるポテ」みたいなのよ。知らない? ロッテリアで売ってたでしょ? フライドポテトを入れた袋にスパイスと調味料の粉末を入れて振って食べるメニュー、あれみたいな味。同じスパイスの味。だからこんなにいがみ合うのかもしれません、きっとがまんできないのよね、私の味があんたの味でもあり、あんたの味が私の味でもあるっていうのが。なんであんたが私と同じなの？　同じじゃないのに、味つけが同じなら結局いっしょってことになっちゃうの？　こんなことを思わされる従業員どうしの関係より、顧客との関係の方がずっとさわやかだと私は思います。

顧客との関係なんて問題ありません。人間関係ではないと思えば平気です。それに、かわいいなと思うこともあるし、意外にうれしいこともあるんですよ。たとえばある日の午後に……たぶん午後だったわ……通りかかった女の人たちが急にうちの売り場に入ってきたんです。二人でした。四十代のはじめと三十代の後半。二人のうち一人が黒いフェルト帽をかぶっていたのを憶えてるだけで、平凡な、いま考えても顔も思い出せない、前にも会ったことのない人たちでした。彼女たちは売り場に並んだ布団にはまったく関心を示さず、二人で雑談しながらまっすぐマネージャーに近づいていって、駐車料金を精算するために領収証を一枚くれと言いました。私の持ってる領収証ではちょっと足りないのよね？　と言うので、はいそうですかって、うちのマネージャーが気持ちよく領収証をあげてました。

彼女たちが出ていったあと、売り場に電話がかかってきました。ちょっと前に領収証をもらっていった者だけど憶えているかと聞くので、憶えていますと私が答えたら、よかったわと言って、私に、ちょっとトイレに行ってくれと言うんです。トイレにハンドバッグを置いてきちゃったからって。私びっくりして、お客さま、いまどちらですか、どの売り場にいらっしゃいます？　って尋ねたんですが、そしたら、違うのよ私、いま駐車場までおりてきてて、また上るのもめんどうだからあんたがバッグ探して持ってきてと言うんです。いくら私でも、ねえ。まったくもうとんでもないクソ女がいたもんだとちらっと思いましたけどその瞬間、私が何て言ったと思います。従業員はですねえ、お客さま用トイレには入ることができないんです、お客さま。

お客さま用トイレはあくまでお客さまのための空間ですので、お客さま用トイレでウンコできるのはお客さまだけなんでございます、従業員は、何か出すわけではなくても立ち入り自体できないので、私にも入ることができず、例外はございませんって、そう答えました。じつはこっそりお客さま用トイレを利用することもあるので可能ではあったんですけど、やってやるもんかと思ってそう答えたんですが、こういう返事が用意されていてよかったと思いましたよ。ふだんは、遠く離れた二部屋しかない従業員用トイレを使わなくちゃいけないのがちょっと不満だったし、ひどいとも思ってたんですが、ひどくてラッキーとあのときは思いました。ラッキーだと思えるなんてラッキーですよね。ひどいけどどうにもできないなら、ラッキーと思える瞬間が一度くらいあってもいいいんじゃないでしょうか？

もうちょっと話しますね。この話をもう少し……いいですか？　できないことになっているからできないってきっぱり答えて電話を切りながら、私、笑いました。それを憶えておきたいんです。あの笑いを特別に憶えておきたいのは、あんなふうに笑いたいからです。何ていうか、熱くて乾いた口の中で、ちっちゃい冷たいものがぱっとはじけるみたいな――ああ、何ともいいようがなくてもどかしいんですけどうれしいような笑い方――ああ、私はあんなふうに笑いたいんです。どうせ毎日笑うならそんなふうに笑いたいんです。それは私が毎日やってるのとは違う笑いで、私の笑いは笑いではなく別のものだってことを考えさせてくれるような笑いだったんですが、ほんとに、おいしい笑いでしたよ。ご存じですか、笑いにも味があるの。それを教えてくれたこの顧客は、むしろ愛すべき立派な顧客だと思います。

もちろん、こういうのは一般的とはいえません。もっと一般的な顧客は、もう怒っているか、怒る態勢ができていることが多いので、緊張していなくてはなりません。ありとあらゆる状況の、ありとあらゆる人たちと会うことになりますからね。特別ひどい人にあたったときには、行儀よく重ねた手で下腹をぎゅっと押して、いまスイッチが入ったぞ、って思うんです。この簡単な一手間で、何か、人間ではないものがいると思えるようになります。何だかわからないけど人間ではないものが怒鳴っていると思えば、ぞっとするような状況でも最後まで笑いながらちゃんと立っていることができます。私言いませんでしたっけ？　顧客との関係を人間関係だと錯覚したら、失敗して泣くのは私だけです、私しかいないんです。そのことを教えてくれた人がマネージャーで、この人はこの業界では最高の人です。

　今日にでもうちの売り場を訪ねてくれたら、彼女に会えるんですけどね。きれいに年齢を重ねた顔に、身なりも接客も洗練された人。洗練された接客っていうのは、巧みに結果を出すという意味ですよ。顧客が売り場に入ってきてマネージャーの質問に一度でも答えたら、それで一丁あがりなんです。息子のかけ毛布を見つくろいに寄った顧客が、結局はダブルサイズの毛布に自分のかけ布団と、グースの枕までお買い上げというようなパターンですが、顧客満足度が高く、返品になる確率も低いのです。顧客は、商魂に負けて要りもしないものを買わされたとは思わず、ほんとうに必要なものを適切な価格で買ったと思いながら気分よく帰っていくんです。こういう場合、一度買った人は二度買うし、一度来た人の多くがまた来ることになります……彼女がマネージャーを務める売り場は、まっ先に目標売上額を達成します。全国の寝具類売り場で彼女の名を知らない人はいません。彼女が催事売り場に派遣されるときには、ほかの売り場はその日の売り上げが四分の一ぐらいでも仕方ないっていわれているくらい、彼女は巧みなんです。マネージャーが顧客に対応しているとき、隣の売り場のマネージャーたちが廊下に出て見学しています。どんなことば遣いでどうやって売るのか見て学ぼうとして、飲みこまんばかりにして見つめています。実際、それを見て学び、ことば遣いまでそっくりにしている人もいますから。私も彼女に学ぶところは多いです。ドゲザについて教えてくれたのも彼女です。

ときどきマネージャーは口紅を塗り直して、デパートの近くの地下商店街におりていきます。そこで彼女が何をするかというと……買いものです。安いスカートやブラウス、靴下なんかを手あたりしだいにレジに積み上げて、売り場の人をいびるんです。最高に魅力的に笑える彼女が一つも笑わずに、売り場の人を立たせておいて、質問したり難癖つけたりして追い詰め、手厳しく当たって、相手がおろおろするのを観察してるんです。露骨に人をバカにするその態度は、彼女や私が売り場で出会う顧客の中でもとびきり残酷な人たちにすごくよく似てて、見ている私がはらはらして、きまり悪くなるぐらいです。なんであんなことをするのか訊いてみたことがあります。どうしてあの人たちみたいなことをするんですか、どんな気がするかよく知ってるのにって。すると彼女は私に言い返しました。ドゲザって知ってる、あんた?

ドゲザ。

こうやって、人間が人間の足の前でひれ伏して頭を下げる姿勢をドゲザっていうのよ。みんな、これをお詫びの姿勢だと思ってるけどそうじゃないの、そもそも謝罪のためにやることじゃないのよ。これはねあんた、それ自体が重要なのよ、この姿勢を見せることそのものが重要なの。うちの売り場で騒ぎを起こす人たちは、謝ってほしいんじゃないの。謝ってほしいなら、申し訳ありませんお客さまで充分でしょ？　でも、そう言っても満足しないじゃない、謝ったってもっと騒ぐでしょ。ほんとに欲しいのはこれなのよ。あの人たちが必要としてるのは、欲しいのは、この姿勢そのものなの。どこ行ったたって同じよ、あんた。みんなこれを望んでるの。ひざまずけって言えばひざまずく存在がいる世界。圧倒的な優位に立って人を見下げる人になりたい、そういう経験をしたいのよ。みんながそれを望んでいるし、みんなにそれが必要なの。だから私にも必要なのよ。それがどうしていけない？　と、とってもきれいな顔で言ったあと、彼女はこんなことをつけ加えました。

それとあんたね、私、バカにされる方も悪いと思う。自尊心を持って、自分を高貴な存在だと思わなきゃ。尊い人は誰にもバカにされないわ。自分自身を尊べない人が、とことんバカにされるのよ。

それを聞いて家に帰ってくるとき、私、いろいろ考えました。足をマッサージして化粧を落として、顔を洗って寝床に入ってもずっと考えていました。ほんとに変な話だと思いました。自分を高貴だと思えない人が、とことん、バカにされるんだって。そんなことば、いままで聞いたこともないと思うわ。私は考え続けました。

自尊心。高貴な人。

それっていったい、何なんでしょうか？

人にバカにされたら、バカにされる私も悪い。なぜなら私は高貴だから。私もほんとは高貴なんだから。でも私が果たして高貴でしょうか？　私が自分を高貴だと思ってるかどうか？　どう考えても、自分で自分を高貴だなんて思ったことありませんけどね私は。そう思ってたらどうなるんだろうって考えてたら眠れませんでした。マジで、どういう感じなんでしょう？　人が生まれたときから高貴だというなら、それに自分で気づくのはいつ？　学習してそうなるものですか？　自分で自分を高貴だなんて……自尊心だなんて、高貴だなんて、とーといだなんて……とーてい、とーといなんて思えませんけどね。私もとーといんですか、私、ただ普通に、いるだけなんですけどね、あっちこっちに、いつだって。こうやってただいるだけなのにとーといなんてこと、あるんですか、高貴だなんてことが。それって……状態とはいえないじゃないですか？　静態じゃなくて動態でしょ？　まさか、何もしないのにとーといなんて、そんなの人間じゃないと思うんですけどね。ただいるだけで高貴だなんてものがあったら、それはまず人間には属さないと思います。だって人間はウンコをするのにもお金を払わなくちゃいけない生きものなんだもの。大丈夫ですか、自尊してますかちゃんと……高貴ですか、とーといですか……そのことを誰に習ったんですか。

私は笑う人間です。

いつも笑っています。ちょっとしたきっかけでそれに気づいたんですが、そろそろその話をしましょう。水曜日だったと思います。布団の払い戻しをするために、顧客が売り場に来たんです。電話でも何度か問合せをしてきた顧客で、六か月前に購入した布団を払い戻ししたいという用件でした。冬に買った冬用の布団を夏に返品したいっていうんですから、まあ見えすいてはいたんですが、とにかく一度状態を確認しなくてはならないから、売り場に布団を持ってくるようにって返事しておいたことがあったんです。買ってすぐ倉庫に入れたままで、最近出してみたらこんな状態、と言って広げてみせた布団には、使った痕跡がはっきり残っていました。綿もすっかりつぶれているし、縁が黄色っぽくなっていて、一方のすみには何だかわからない血の跡まであり、何よりも布団全体に、それをかけて寝た人の匂いがしみついていました。一度使っても体臭は残るものですけど、一、二度使ったぐらいではありませんでしたよ。布団を持ってきた人たちは三人で、女が二人、男が一人。マネージャーと私が布団を広げて深刻な顔で見おろしているあいだ、彼らは陳列されているクッションをつついてみたりして、売り場を回るふりをしていました。

これ、お使いになりましたねとついにマネージャーが布団を指して言うと、彼らは攻撃的な態度でくってかかりはじめました。おたくにもそう見えるでしょ？　と私に訊き、続いて、私たちには傷ものに見えるんだけどねえ、包装も開けずにしまっておいたのに、開けてみたらこのありさま、こんなものよく売れますねえ商売人が、ああもうやだ、無条件に払い戻ししてよ、傷ものを売っといて……払い戻しが可能だっていうから持ってきたんだよ、お客にここまで来いって言った責任とりなさいよ、交換じゃないよ、払い戻しだよ、デパートにできないことないでしょ、え？　という順序でした。

　何があろうと払い戻させてやるつもりで作戦を立ててきた人たちにはかないません。こういう場合マネージャーは、希望通りにしてあげるけど長く待たせるという方法で復讐します。しばらく売り場でワーワー騒ぐだけ騒がせておいて、あげくに照れくさくなって口をつぐんでうろうろしているところへ、でも考えてみますとね——なんて言ってまた怒らせ、騒がせ、つぎに静かになったタイミングでやっと払い戻し手続きを進めるという方法で、ちょっとでも分別のある人なら、望み通りのものを受け取っても微妙にプライドが傷つき、気まずい顔になっちゃうんですが、マネージャーは冷ややかに笑いながら待っているという、そういう方法です。この日もそんなプロセスを全部経たあとにようやく、払い戻しとなりました。マネージャーがレジで払い戻しの手続きをしているあいだ、私は布団をたたみました。何となく臭いといってもいいし、あからさまに臭いといってもいいその布団をたたんで袋に押しこみ、レジの方へ持っていきました。クリーニングに出すためにそれを床におろしたんですが、どういうんでしょ、ほんとに偶然、いきなり布団包みを落としてしまい、適当に縛ったその包みが、払い戻しを待っていた女の人のすねに当たってしまったんです。

　失礼いたしました。

申し訳ございません。投げたのではありません。いいえ、不満なんてございません。どう言っても、額面通りには聞いてくれませんでした。

なんで投げるのよ？　どこ向かって投げてんのよ？　何だと思って投げてんのよ、あんた何が不満でこんなことするの？　ということばをずっと聞かされ、投げたのかな、私投げたんだろうか、不満があって思わず投げたんだろうかと考えてみましたが、ほんとにそんな意図はなくて事故でした。私は謝罪しました。笑いながらです。変なことではなかったんですよ、いつも笑っているんだから。毎日笑ってるんだから。困ったとき気まずいとき、私はいつも笑ってきたんですから。でなかったら何をするの？　どうするの？　泣くの？　泣いちゃうの？　困ったり気まずいからって？　笑うしかないでしょ。笑いながら、申し訳ございませんって言うしか。だからすみませんって、笑いながらすみませんって言ったらその人たちは、なんで笑うのかと問いつめはじめました。笑ってんの？　なんで笑うの？　どうして笑うの、おかしい？　おかしいの私たちが？　この状況が笑えるの？　私は笑い者？

　違います、違いますと答えながらも私は笑っていました。笑うのをやめられなかったんです。ほんとに困ったんですけれど私が笑うのを私が止められない。笑っていました。すみません、もう笑いませんと言いながらもずっと、変な仮面でもかぶってるみたいに笑顔なんです。すみません、やめます、笑いませんって言ってるのに笑って、やめようとすればするほどしっかり笑顔になっていくのでそれを隠そうとしてうつむいたんです。顔に血が上っているのでなおさら顔を意識してしまいます。私の顔、笑ってる顔、吸着しているみたいなこの笑った顔から、私は逃げ出すことができません。マネージャーはどこかしら……彼女が息を殺して私を観察している気配が感じられました。怒ったようすで足を広げて、え？　なんで笑うのよこの女は、何がおかしいのよって怒鳴っている顧客より、マネージャーがいる方から広がってくる沈黙の方がずっと存在感がありました。私が彼女の黒い目の上に足をのせて踏んづけてるみたいな気がしました。すみません、すみませんと頭を下げる私にむかって下腹を突きだすようにして立っている顧客の服の裾から、ちょっと前に私がやや軽蔑しながら袋に入れた布団と同じ匂いがしました。私は依然として私をじっと見ているマネージャーの目を感じ、重たい磁力を感じさせるその黒い水たまりに足を踏み入れたまま、すみませんと冷や汗を流しながら、笑っていました。何をしているんでしょう。彼女は私を観察しているんでしょうか、高貴さを見はからおうとして冷ややかに観察しているんでしょうか。私は笑っていました。こんなふうに笑うんだ、ああ、これが私の笑いなんだ、と思いながら笑い続けていました。


それは笑いだったんでしょうか？

これが笑いでしょうか？

これは何なのかしら？　笑いでしょうか？　こんなのを笑いというからおかしくなるんじゃないかしら。わらわい、はどうでしょう。わらわいって言いません？　わらわいって呼ぶことにしませんか？　わらわい、わらわい、わらわい。わらわいなんて変ですけど、わらいより変な名前にした方がいいと思いますからね。わらわいがぴったりじゃないかしら。だってこれはつまりほんとに、笑ってるけど笑ってないってことですから。笑いじゃなかったらこれは、何？　表情といえばいいのか状態といえばいいのか、だいたいこれは静態ですか動態でしょうか。一種のけものって感じもしますよね。わらわい。わらわいというけもの。だってこれが私の顔に出現するたび、私は顔ごとしゃぶりとられるみたいだもの。見えますか、私が笑っていますよ。わらわい、わらわい、って。

それでは、そのソファーの話をしましょう。もう話せそうな気がしますから。

ソファー。はじめにその話をしようと思ったのですけどね。

　私がわらわいをしているとわかったからって、何か変わるわけではありませんでした。別に変わったことはなくて、日常です。夏が過ぎて秋も過ぎて、クリスマスが来て、売り場全体がセールに入りました。そのソファーが運ばれて通路を通ってくるのを私は何気なく見ていました。紫檀のひじかけがついたピンク色のソファー。仔牛と豚の革でできているんでしょ？　発泡スチロールで作ったジンジャーブレッドの飾りをつけて、クリスマスセールの展示用でした。そっちの売り場の管理者は、太っ腹なふりをしてますけど、ねたみっぽかったり欲張りなのが見てわかるので、ちょっとつきあいづらい人でした。うちのマネージャーの商売がうまくいってるとき、ふと振り返ると陳列台のむこうからこっちをじろじろ見ている彼女と目が合うことがありました。そんなときはあいさつをしても返してくれず、そっぽを向いてしまいます。ときどきその売り場の前を通るときに見ると、彼女がうちのマネージャーと同じことば遣いで接客しているんですが、それがぜんぜん自然じゃないので苦笑いしながら通り過ぎたことが何度かありました。その程度です。私が彼女に恨みを持つようなことはとくにありませんでした。

　こんなことがあるにはありましたけど……おととい……たぶんおととい……昨日もおとといも忙しかったのよね、クリスマスが迫ってきてるから。髪を束ね直すひまもなく倉庫と売り場と配送チームを行ったり来たりして、私はへとへとになっていました。午後になって急に客足が途絶えたので、このすきにちょっと休みましょうよって、寝具類売り場の人たちとすみに集まったんです。自販機のコーヒーを買って飲みながら一息入れていたら、むかいの売り場の彼女が、あんた、と私を呼びました。私に、ちょっと笑うの控えなさいって言うんです。お客さまに対応するとき笑いすぎるって、前から言いたかったんだけどそんなに笑うと安っぽく見えるって、彼女が言いました。見ているこっちが恥ずかしくなるときもあるわよ、だいたいなんでそんなに笑うのよって。ちょっと卑屈に見えるし、売り場で働く人たち全体のイメージも悪くなるから、笑うのは適当にしろって、言うんでした。

その話を聞いたのは私だけだと思います。そうだったと思います。うちのマネージャーはほかのマネージャーと何か話しながら笑っていました。私は自分の噛み跡がついた紙コップを見てから、むかいの売り場の彼女を見ました。彼女はもうほかの人の方にむかってその人の話を聞いていました。いま聞いている話にびっくりしているみたいに、小さい細い目を見開いて、うなずいていました。そんなことがあっただけ。そんなことが、ありはしました……

……見ていますか。見ています。私も見ていますよ。画質がかなり、よくないですよね。顔の上の部分が画面の外に出ちゃってるからちゃんと見分けがつかないわ。でも、あれは私です。あの日は閉店のあと、私がいちばん遅くまで残っていたんですよ。ええ、あんなふうにあそこに座ってみたんです。翌日の催事の準備をしていたらそんな時間になっちゃったんですよ。みんな退勤して誰もいないデパートを、一度歩いてみたかったんです。歩いてみたら疲れたので、あのソファーに座ったのよ。ほら、それが映ってますね。ソファーに座っている私が……でも私はあそこにちょっと座ってただけで、すぐに立ち上がったんですよ。座って、立ち上がっただけ。ソファーを一度撫でましたね、手で。その場面があそこに映ってるわ。ああやってちょっとだけ座ってて、立ち上がって、たった一回撫でただけなのに、それでソファーをめった切りにできると思いますか。ソファーが……完全にずたずたになるぐらい切られていたんでしょ。めった切りにされてたんですってね。恐ろしいことです。あの革のソファーがほんものの仔牛と豚だったら……血が出たでしょうね。昔亡くなったうちの母さんの白血よりも赤くて熱い血、そんなのが流れ出たでしょうね。ああ怖いわ、怖い。だけどあれはもう死んだ動物の革で作ったソファーだし、ごらんの通り私はあそこにたった一度座っただけで、ちょっといただけで、片手でソファーを撫でただけですよ。なのに、そんなほんの一瞬のあいだにあんなにめった切りにできると思います？　人間にそんなことが可能ですか？

……笑ってますね。画面の中で私が笑ってるわ。あの口見てごらんなさい、あれはわらわいですね、見えます？　なんであんなに笑うんだろ……狂ってるわけでもないのに。狂った女は笑うね、私がいままでに目撃した狂った女はみんな笑っていましたよ。ところでさ、なんで人間は狂うと笑うんでしょ。答えてみてよ。いったいぜんたいどうして笑うのかしら、狂ったら。泣く方が当然よね、狂ってるんだから。狂ったら怖くなるはずでしょ。狂うということは、殻がすっかり壊れてしまって、中身がむき出しになってしまうことで、中身がむき出しになった人間は怖いでしょうからね何もかもが。世の中は角と尖端でいっぱいなんだから。世の中はこんなに、とんがったものや角ばったものだらけなんだから、怖いものだらけなんだから、泣くべきでしょ、怖かったらさ。なのにどうして笑うんだろ、狂った女は。

あなたはどんなふうに笑いますか。

私はこうやって笑います。しわを寄せるんです。紙風船みたいに顔の中が空いているとしたら、その空いてる中心にむかって、がさがさってしわを寄せてすぼめていくんです。がさがさ、がさ、ってやるときも口だけは笑ってて、張力でしっかり張った糸みたいにぴーんと張って、直線になってます。しわを寄せていくあいだも、口だけはさらにひっぱられて笑っています。ぴーんと張って笑っている口だけが残ります。笑う直線です。直線だけど笑ってる。これはなんてとんでもない不条理なんでしょ。

毎日そんなにすぼめたり伸ばしたりされたらもう笑うことなんかできなくなると思うのに、いつもすぼめたり伸ばしたりされて、人間ってほんとに驚異的だと思う瞬間の連続です。または私に、人とは違う余力があるだけなのかもしれません。私だけがこうなのかもしれません。ほんとうに笑いたいことがいっぱいある人なら、こんなにしわにしなくても笑えるんじゃないかしら。どうですか。笑いたいですか。笑っていますか。ここからはあなたがどんなふうに笑うのかを見ることができません。教えていただけませんか、どう笑うかを、くわしくね。気になります。あなたが笑うことをどのように経験してきた人間なのかが、私はとても気になるんです。笑っていますか。笑いたいですか。わらわいですか笑いですか。笑っていますか。なんであんたは笑わないの、からかってるの、私がいま笑っているのに。

こうやって、笑っているのに。

笑ってんだよ。

私が、いま、笑ってんだよ。

日本の読者の皆さんへ

こんにちは。

ファン・ジョンウンです。

ソウルで小説を書いて暮らしています。

この本のタイトル『誰でもない』は、「ミョンシル」という短編のタイトルを縮めてつけたものです。

「ミョンシル」は雑誌掲載時には、「誰でもない（アムドアニン）、ミョンシル」というタイトルでした。しかし少なからぬ読者がこれを「何でもない（アムゴットアニン）、ミョンシル」と読みました。

　この本のタイトルもまた、『誰でもない』ではなく『何でもない』と誤解されることがありました。多くは無意識の言い間違いやことば遣いのくせによるものなのでしょうが、私には、私が属している社会で人々が自分自身について、そして他の人について考えるときの姿勢が、ここに反映されているのだと思えます。

私／あなたは、何でもない。

韓国は金融危機から比較的早く抜け出しましたが、その後ずっと後遺症をわずらっています。過去二十年間の日常と非日常のいたるところで人々は、自らが「何でもない人」とされる瞬間を味わい、他人が「何でもない人」として扱われる瞬間を見てきました。

私はつまらないものを好む方ですが、人間をつまらないものと見なす社会全体の雰囲気が人々のことばに現れているのを目撃することは、どうにも、わびしいことです。

皆さんのご健康を祈ります。

二〇一七年十二月　ファン・ジョンウン

単行本版訳者あとがき

「この作家はあたかも猛獣がえものに狙いを定め、ひとしきり目で追ったあと、たった一撃でしとめて引き倒すように、書く」。

ファン・ジョンウンの作風を、文芸評論家のシン・ヒョンチョルはこのように表現する。本書は、そんな彼女の狩りの手並みを十二分に堪能できる作品集『誰でもない』（文学トンネ、二〇一六年）の全訳である。

四十代に入ったばかりのファン・ジョンウンは現在、韓国文学を代表する一つの「顔」といって過言ではないと思う。常に次作が待ち望まれ、そのたびに読者を驚かせてきた。本書には二〇一二年から一五年に発表された短編八編が収められているが、うち四編が雑誌掲載時に名だたる文学賞を受賞している（うち一編は著者が賞を返上）。ここからも、「韓国文学の『顔』」という表現が大げさではないことがわかっていただけるだろう。

ファン・ジョンウンは一九七六年、ソウルに生まれた。仁川（インチョン）大学仏文科に入学し一年で退学、その後体調をくずして休養していたが、治るにつれて何かを学びたくなり、作家のイ・スンウォンが主宰するインターネット上の小説教室に参加して創作を学んだ。この教室では週に二度習作をアップすると合評（がっぴょう）を受けることができたという。またこの時期に、父親が営む音響機器修理店を手伝ったり、新聞配達などさまざまなアルバイトを体験したそうである。その後一年ほど会社勤めをしたが、その時間は読むことも書くこともできなかったと語っている。そんな生活の中、新聞社の文学賞の締切り四十日前に会社を辞めて書いた短編「マザー」がみごと入選して、二〇〇五年にデビューした。「マザー」は母親に遺棄された子どもが主人公の短編で、スタート地点からこの作家があらゆる形の暴力を大きなテーマにしていたことがわかる。

以後、短編集が三冊、中・長編が三冊刊行され、二〇一〇年に長編『百の影』（オ・ヨンア訳、亜紀書房、二〇二三年）で韓国日報文学賞を受賞するなど受賞歴も多い。デビュー間もないころはファンタジーをまじえた浮遊感のある短編を多く発表、また格差社会の中を懸命に生きる若い人たちを主人公にした親しみある長編でも強く支持されてきた。最近は、本書に収められたような、現代社会の痛点を暴き出す秀作を発表し続けている。日本では、拙訳により『文藝』二〇一六年秋季号（河出書房新社）に、自分の無力さを感じると帽子になってしまうお父さんと三人の子どもたちを描いた短編

「帽子」が掲載されたのが初紹介であり、今回満を持しての本格的な紹介ということになる。以下、それぞれの物語についてひとことずつ述べておく。

「上京」

ソウルに住む非正規労働者の若者が、田舎暮らしで人生を打開できないか模索しに行き、失望して再びソウルに戻ってくる（上京する）までの一日を描く。彼に同行する「私」の視点で書かれているが、「私」の性別は明らかではない。都会と地方の格差を背景に、豊かな農作物がむだに捨てられていくさま、老婦人たちのたたずまい、安息をえられないうさぎたちなど、象徴的なエピソードがたたみかけるように続き、不思議な読後感を残す。

「ヤンの未来」

まったくの偶然から恐ろしい事件の目撃者となり、人生が変わってしまった女性の独白。映画を思わせる陰影に富む描写で、主人公の孤独を浮き彫りにする。

なお、タイトルの「ヤン」は漢字にすると「嬢（ヤン）」。韓国では、若い女性の姓の後につけて「金ヤン」「朴ヤン」などと用いる。著者によれば「〈嬢〉とは、重要ではない仕事に動員される女性、重要な決定プロセスにおいて一切意見を言えない女性、低廉な賃金労働者、画面の中央ではなく端っこにまぎれこんでいる女性というイメージ」ということである。また、若い女性読者は「ヤン」を「嬢」と受け取るが、男性読者は同音異義語である「羊（ヤン）」をイメージすることが多いのが印象的だったそうだ。

終盤近くに出てくるジョージ・オーウェルのエッセイは「貧しいものの最期」というタイトルで『動物農場』（高畠文夫訳、角川文庫）に収録されている。

なお、この作品は二〇一四年に第五十九回現代文学賞の受賞作に選ばれたが、同賞を主催する雑誌『現代文学』が当時、朴正熙（パクチョンヒ）の維新時代を扱った連載小説の掲載を拒否するなどの問題で激しい批判を集めていたことから著者が受賞を辞退し、返上した経緯がある。

「上流には猛禽類」

格差恋愛の実相をじりじりとあぶり出す一編。主人公の女性は恋人の家族たちの素朴さを愛しているが、結局は違いを乗り越えられないことが、一日のハイキングを通して明らかになる。「上流には猛禽類」というタイトルも隠喩に富んでいる。「上京」とともに、親の世代が負った朝鮮戦争の傷跡がありありと感じられる作品である。二〇一四年、若い作家賞大賞を受賞。

「ミョンシル」

主人公ミョンシルは、死んだ恋人シリーの思い出とともに生きている老婦人だ。著者のことばにもあるように、本編はもともと「誰でもない、ミョンシル」というタイトルだった。人生の終わりに近づいていくミョンシルが万年筆をとってシリーの思い出を書きはじめるラストシーンは、一人の人間の内部がかけがえのない光に満ちていることを示し、本書の中でも屈指の美しさである。

「誰が」

近隣の騒音、不審な隣人に悩まされ、将来への不安に押しつぶされ、徐々にバランスを失っていく若い女性を通して、持たぬ者どうしが傷つけあわなくてはならない現実を描く。息苦しいほどのリアリティと奇妙なユーモアが渾然（こんぜん）となって迫ってくる。二〇一四年、第十五回李孝石（イヒョソク）文学賞を受賞。

「誰も行ったことがない」

一九九七年、韓国は通貨危機に見舞われ、国家破綻の危機に瀕して経済主権をＩＭＦに委ねた。人々は大規模なリストラを体験し、その後非正規雇用が増大、格差社会に拍車がかかった。以後ＩＭＦ危機は韓国文学の重要なモチーフとしてくり返し描かれてきたが、この物語はそのさなかにヨーロッパ旅行をしていた夫婦が主人公だ。二人は強烈な喪失体験によって強く結ばれているが、その絆は同時に危うさも抱えこんでいる。旅先でその危うさがさらに尖鋭(せんえい)になる瞬間を容赦なくとらえ、夫婦の危機と国家の危機が輻輳(ふくそう)する。

(後記)なお、両親が水難事故で子どもを失うというモチーフには、二〇一四年に起きたセウォル号沈没事故の影がしみついている。なお、ファン・ジョンウンはかつて実際にセウォル号に乗って済州島(チェジュド)旅行をしたことがあり、そのときに見た光景が「ミョンシル」に生かされている。

「笑う男」

本書の中で最も哀切で、潜在的な希望を秘めた物語といえるだろう。パートナーを失った若い男が奇妙な部屋にたてこもってめぐらすさまざまな思いの中に、韓国のこの七十年ほどの歩みが凝縮している。なお、この作品の続編といえる同タイトルの中編が、二〇一七年に金裕貞(キムユジョン)文学賞を受賞した。

「わらわい」

主人公はデパートの店員。日々の感情労働の中ですりきれていくものと鬱積していくものをクローズアップして見せつける圧倒的な迫力に満ち、締めくくりにふさわしい。著者によれば「この小説の話者は夢にも出てきて私を圧倒し、恐ろしいほどだった」とのことである。なお、文中に出てくる「ドゲザ」は当然ながら日本語由来で、日本語の発音をそのままハングル表記したものである。

ここでタイトルの『誰でもない』に触れておく。「アムドアニン（誰でもない）」は既存の文法をはみ出す言い回しであり、一般読者がこれを「アムゴットアニン（何でもない、つまらない、とるにたりない）」という意味に受け取ってしまうのは無理からぬところでもある。「アムドアニン」は「他の誰でもない」「代わりのいない」という肯定的なニュアンスを持つ、ファン・ジョンウン流の異議申し立て、または一種の宣言といってもいいのかもしれない。

そうした「誰でもない」人々の現実は、まぎれもなく二十一世紀の韓国のものだ。だが、人物の名前などは無国籍風で、ときには性別も判然とせず、具体的な地名もあまり出てこない。彼女の作品世界は韓国に根差しながらも、全方向に向かって開かれており、そこには、世界のどこにでも通じる、ときに古典のような趣がある。

一例をあげるなら、「笑う男」の百九十四ページに出てくる壁の描写を読んだとき、私は次のせりふを思い出した。「わたしまるで、今まで一度も、この家の壁がどんなだか、天井がどんなだか、見たことがないみたい」（チェーホフ「桜の園」神西清訳、新潮文庫）。「桜の園」の最終盤で、屋敷を去る直前にラネーフスカヤ夫人が室内に座ってもらすひとことである。ラネーフスカヤ夫人と「笑う男」は百十年ほどを隔てて、まったく違う文化、違う階級性を帯びながらも、同じ壁を見つめているかのようだ。このような普遍性をたたえた彼女の小説が今後、日本だけでなく、世界の「誰でもない」人々のもとに届くであろうことを信じる。

ファン・ジョンウンの狩りは激烈で切実だが、リリシズムとユーモアの補給線が途切れることはない。彼女は、人々の物語が湯気をたて、血をしたたらせている瞬間をねらい、暴力ののっぴきならなさと喪失の大きさを、一撃でしとめる。彼女の筆は仮借ない。しかしこの仮借ない作家が隣国にいてくれることは、私を心強くさせる。彼女の小説を読むことは、微細な暴力の粒子が溶け込んだこの世界、日常とディストピアが地続きになったいまを歩き続けるために必要なエネルギーを私たちに与えてくれる。

編集にあたられた晶文社の斉藤典貴さんと松井智さん、訳文チェックと有益なアドバイスをしてくださった伊東順子さんと岸川秀実さんに御礼申し上げる。

二〇一七年十二月　斎藤真理子

文庫版訳者あとがき

二〇一八年四月、ファン・ジョンウンは『誰でもない』および『野蛮なアリスさん』（斎藤真理子訳、河出書房新社）の刊行を記念して来日した。そのとき行われたトークイベントの際、ファンさんが「私の小説に登場する人々の多くは、そこにいても無視されている人たちであり、自分や世の中を振り返ってしきりに考える人々です。自分に与えられた世界をやすやすと受け入れ、疑問を持たずに生きる人々ではありません」と話す様子を隣で見ながら、厳しい内容を語っているにもかかわらず、なぜ、この作家の言葉はこんなにも安心感を与えてくれるのかと、不思議に思ったことを思い出す。

そして今も、世界じゅうが黙り込むような大事件が起きたとき、「あの人は何を考えているだろうか」と真っ先に思い出すのはファン・ジョンウンだ。実に、一言一言を疎かにしない作家である。そんなことは作家なら当たり前なのだろうけれど、この人が書いたものを訳していると、その入念さに救われる瞬間が多い。

著者は「日本の読者の皆さんへ」に、「私／あなたは、何でもない」という言葉を書きつけている。そんな酷薄さは、七年経った今、いっそうひたひたと世界じゅうを浸しているように思う。だが、だからこそ、それを正面から見つめた上で人間のただならなさ、かけがえのなさを描きつづけるファン・ジョンウンは、誰にとっても心強い存在に違いない。

その一端は、作家から信頼される作家だという点にも表れている。韓国では毎年、「作家五〇人が選ぶ今年の小説」というアンケート調査が行われているが、ファン・ジョンウンは二〇一九年に『ディディの傘』で、二〇二〇年に『年年歳歳』で、二年連続で一位に選ばれた。

日本でも、本書と『野蛮なアリスさん』が刊行された後、『ディディの傘』（斎藤真理子訳、亜紀書房）、『続けてみます』（オ・ヨンア訳、晶文社）、『年年歳歳』（斎藤真理子訳、河出書房新社）、『百の影』（オ・ヨンア訳、亜紀書房）と代表作が相次いで出版された。

この十年ほどで読者を増やしてきた韓国文学だが、その中でファン・ジョンウンへの信頼には揺るぎないものがある。決して爆発的に読まれているわけではないが、その読後感は他のどんな作家とも違っていて、ファン・ジョンウンを読んだ後では、「読書」「考える」という行為自体が変わってしまうことがありうる。そして、それが何かはわからないにもかかわらず、変わった何かが今後自分を支えてくれそうな予感がする。この信頼は一過性のものではなく、読者の中に長く残ると思う。

文庫化にあたっては全面的に訳文を見直した。また、単行本の際には「笑う男」の登場人物である「DD」の性別を断定的に訳してしまったので、今回その点を改めた。ファン・ジョンウンは人物の性別を明らかにせずに書くことがあり、そのようにして書いた恋愛関係について「読者によっては異性愛とも読まれ、同性愛とも読まれており、それが私は好きです」と発言したことがあった。当時はこのような著者の意図を理解していなかったためのミスであり、修正したいとずっと思ってきたので、今回その機会を得てほっとしている。

なお、「笑う男」は何度か形を変えて他の作品に結実しながら『ディディの傘』所収の「d」という中編にたどりついており、その過程自体が興味深い。そのことは『ディディの傘』の訳者あとがきに書いたので、関心のある方は参照してほしい。また、作品が変遷していく中で作家自身が人物の性別に対してためらいがあったそうで、そのことがある種の「揺れ」として文章に出たかもしれないとのことであった。

なお、性別を曖昧にした書き方をするのはファン・ジョンウンだけではなく、韓国のかなり多くの作家たちがこのような方法で、異性愛しか選択肢のない世界を揺るがすような試みを手がけている。そもそも韓国語は日本語に比べて性差表現が少なく、一人称・二人称や語尾からだけで性別を特定できないことが多いので、それが可能になる。

＊

この短編集に現れた人々は不思議な存在感を放ちながら、本の中から私たちを見つめている。誰でもない私たち／あなたたちがここで、切々と生きている。「誰でもない私たち／あなたたち」とは「他の誰でもない私たち／あなたたち」でもあり、そのことをいちばんよく知っている作家がファン・ジョンウンなのだと思う。

二〇二四年十二月十日

斎藤真理子

本書は二〇一八年に晶文社より刊行された単行本に若干の修正を行い、
「文庫版訳者あとがき」を加えて文庫化したものです。